Le journal d'Aurélie Laflamme, Extraterrestre… ou presque !

tome 1

De la même auteure

Le journal d'Aurélie Laflamme, Sur le point de craquer!, Les Éditions des Intouchables, 2006.

Les aventures d'India Jones, Les Éditions des Intouchables, 2005.

India Desjardins

Le journal d'Aurélie Laflamme

Extraterrestre... ou presque !

LES INTOUCHABLES

LES ÉDITIONS DES INTOUCHABLES
512, boul. Saint-Joseph Est, app. 1
Montréal (Québec)
H2J 1J9
Téléphone : 514 526-0770
Télécopieur : 514 529-7780
www.lesintouchables.com

DISTRIBUTION : PROLOGUE
1650, boul. Lionel-Bertrand
Boisbriand (Québec)
J7H 1N7
Téléphone : 450 434-0306
Télécopieur : 450 434-2627

Impression : Transcontinental
Conception et illustration de la couverture : Josée Tellier
Illustrations intérieures : Josée Tellier
Infographie : Geneviève Nadeau
Photographie de l'auteure : Patrice Bériault

Les Éditions des Intouchables bénéficient du soutien financier
du gouvernement du Québec — Programme de crédit d'impôt
pour l'édition de livres — Gestion SODEC et sont inscrites au
Programme de subvention globale du Conseil des Arts du Canada.

Nous reconnaissons l'aide financière du gouvernement du Canada
par l'entremise du Programme d'aide au développement de
l'industrie de l'édition (PADIÉ) pour nos activités d'édition.

Membre de l'Association nationale des éditeurs de livres.

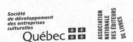

Dépôt légal : 2006
Bibliothèque et Archives nationales du Québec
Bibliothèque nationale du Canada

ISBN-10 : 2-89549-238-7 à 2,99 $
ISBN-10 : 2-89549-237-9 à 14,95 $
ISBN-13 : 978-2-89549-238-2 à 2,99 $
ISBN-13 : 978-2-89549-237-5 à 14,95 $

Merci à :

Simon.

Ma famille : Gi, Mom, Pa, Jean et Patricia.

Mes a-muse-mies : Mel Robitch, Nath Slight, Mel B., Maude V., Isa Gosselin, Michou, Ju Black, Val Guibo et Emily Jolie.

Michel Brûlé et Ingrid Remazeilles ; Élyse-Andrée Héroux et Geneviève Nadeau.

Annie Talbot et Patricia Juste.

Josée Tellier.

Caroline Allard.

Anne-Marie Lemay, Geneviève et Michel Boulé.

Louis-Thomas Pelletier.

Samuel Larochelle.

La vraie sœur Rose.

Et à tous ceux qui ont mis de la mine dans mon crayon sans le savoir.

*À Sybil, sans qui je me
serais sentie souvent bien
seule dans l'univers…
Tu seras toujours là.*

Septembre

La fin du monde

Mardi 13 septembre

Parfois, je me sens seule dans l'univers. Je ne me sens aucune affinité avec personne, sauf avec ma meilleure amie Kat, mais depuis qu'on s'est chicanées pour une niaiserie, on ne se parle plus.

Il y a bien ma mère (elle est en bas, dans la cuisine, en train de faire de la sauce à spag, et ça sent trèèèès bon), mais je ne peux pas vraiment tout lui dire et, parfois, elle m'énerve. Comme en ce moment. Je suis punie parce que j'ai commis une petite, disons, «erreur de comportement» à l'école. Ce n'était vraiment rien du tout. Vraiment. Mais ma prof de maths (auprès de qui j'ai commis l'erreur en question) l'a dit au directeur qui l'a dit à ma mère et me voilà punie. Personnellement, je trouve qu'on ne devrait pas être punie à quatorze ans. Il devrait y avoir une loi pour que les parents n'aient plus le droit de nous punir, disons, après onze ans. Sinon, c'est poche! Ma mère a décidé que ma punition serait de ne pas avoir le droit de regarder l'épisode des *Frères Scott* de ce soir. Et je n'ai pas le droit de regarder les rediffusions cette semaine ni même de l'enregistrer! Ma mère dit que, au pire, je pourrai le regarder en DVD,

l'an prochain. Mais l'an prochain… c'est loin !
En plus, les DVD des *Frères Scott* sont extrê-
mement mal faits, puisqu'ils ne contiennent
pas la version française et que je ne comprends
pas grand-chose en anglais. Exemple : j'ai déjà
chanté *The Anthem*, de Good Charlotte, ainsi :
« *Youuuu-hou ! nowa nowa just like you…
nananananana This is the anthem wa za wa za
wa You-hou ! Dewon nana you !* » Ce qui ne
veut rien dire.

Franchement, ma punition n'est pas
méritée parce que j'ai juste fait une petite
blague à la prof de maths qui, soit dit en
passant, est vraiment chiante depuis le début de
l'année. Elle est tout le temps bête ! Tout le
temps ! Genre, on arrive dans sa classe et elle
commence à nous crier par la tête qu'on
n'arrivera jamais à rien si on n'utilise pas sa
mé-tho-de de tra-vail.

Sa méthode de travail :

Jocelyne Gagnon, ma prof de maths,
enseigne sa matière en nous disant ce qu'il faut
souligner, la couleur du crayon à utiliser et les
lignes qu'il faut passer. Par exemple : « Le
volume d'un solide est la quantité d'espace
– soulignez "quantité d'espace" deux fois au
crayon vert – qu'occupe ce solide. Passez une
ligne, commencez après une marge de deux
centimètres. »

Aujourd'hui, en classe, elle a crié : « IL FAUT
SUIVRE LA MÉ-THO-DE DE TRA-VAIL,
SINON VOUS ALLEZ MANQUER LE BATEAU
POUR L'EXAMEN DU MINISTÈRE ! »

Et j'ai répondu : « On prendra le train. »

Là, quelques personnes ont timidement ri et elle a demandé : « Vous trouvez ça drôle ? » Et il y a eu un gros, ou plutôt un énorme malaise (soulignez deux fois le mot « énorme » au crayon rouge). Ensuite, elle m'a dit d'aller voir le directeur.

Ça, c'est vraiment le genre de chose qui me gêne. Car, quand je vais au bureau de Denis Beaulieu (le directeur) pour quelque chose que j'ai fait de mal, je suis incapable de terminer une phrase sans pleurer.

Exemple :

Denis Beaulieu : Pourquoi tu es ici ?

Moi : Parce que j'ai fait quelque cho-o-o-se quiiiiiiiiiii-iiiiiii-iiiii… (Le reste de ma phrase est incompréhensible, car rempli de sanglots, de mots trop aigus, de reniflements, etc.)

Donc, comme je le disais, très gênant.

Bref, je suis allée au bureau de Denis Beaulieu. Il a été capable de comprendre ma blague malgré mes sanglots (j'ai même cru remarquer qu'il avait du mal à garder son sérieux, je ne sais pas si c'est parce que je pleurais ou à cause de ma blague) et il a appelé ma mère, qui a finalement décidé de m'empêcher de regarder *Les frères Scott*. Très frustrant.

Si elle m'avait empêchée de manger du spag, ça m'aurait affamée, mais j'aurais trouvé que j'étais moins, disons, martyrisée. Oui, c'est ça, je suis martyrisée ! Aurore et moi, même combat ! Non, faut pas exagérer quand même. Mais c'est vrai que ma mère est une maniaque du ménage et qu'elle m'a même déjà fait manger du savon.

Sauf que c'était vraiment une erreur de sa part: elle avait confondu la bouteille de sauce au chocolat avec celle du liquide à vaisselle (je ne sais pas comment elle a fait). On avait vraiment ri, cette journée-là, et je lui en avais fait manger pour me venger. Elle avait fait semblant de trouver ça vraiment bon.

17 h 19

Ma mère m'appelle pour me dire que le souper est prêt.

Finalement, j'ai pas mal faim, alors je suis contente qu'elle ne m'ait pas privée de souper.

— Oui, oui, j'arriiiiiive!

Ah! elle m'énerve, des fois!

20 h 34

Ma mère ne se souvient pas du tout de l'anecdote de la bouteille de sauce au chocolat versus la bouteille de savon à vaisselle. Tellement insultant! C'est un de mes souvenirs d'enfance marquants et elle ne s'en souvient même pas! Il me semble que, boire du savon à vaisselle, on n'oublie pas ça comme ça! Mais je me suis dit que, puisqu'elle a une si mauvaise mémoire, elle ne se souviendrait peut-être pas de ma punition. Alors, j'ai essayé de regarder *Les frères Scott*, mais elle s'en souvenait. (Grrr.) Je trouve que la mémoire sélective de ma mère ne m'avantage pas vraiment.

21 h

Je suis dans ma chambre à la recherche de quelque chose à faire. En fait, j'ai des vœux à formuler et j'ai attendu quelques minutes pour une étoile filante, mais je trouve cette technique un peu longue. Il y a aussi 11 h 11, mais ça ne me tente pas d'attendre à demain avant-midi. Et j'ai bien cherché des coccinelles, mais sans succès. Selon mes connaissances en matière de souhaits, il ne me reste que l'option de dire la même chose en même temps que quelqu'un ou... Dieu. Comme je suis toute seule...

Cher Mon Dieu (ou peu importe votre nom – ici, on nous a parlé de vous, mais également de plusieurs autres religions, et je ne voudrais pas vous insulter si vous ne pratiquez pas la religion que je vous attribue),

Je ne vous parle pas souvent... C'est parce que je ne pratique pas vraiment de religion, mais, ce soir, je voudrais demander des choses à n'importe qui, disons, spécialisé en souhaits, et vous êtes le seul à qui j'ai pensé. Est-ce qu'il faut se nommer quand on prie? Je veux dire, ça doit être assez mêlant de recevoir plein de demandes comme ça, anonymes, vous ne devez pas trop savoir où accomplir vos «miracles». Êtes-vous encore capable d'en faire? Êtes-vous capable de faire des affaires plus hot que changer de l'eau en vin, disons? Parce que, de nos jours, il y a plein de magiciens qui font des choses vraiment impressionnantes. Bon, on le sait, que ce sont des trucs et non des «miracles», mais, en ce qui vous concerne, c'est flou parce que vos trucs n'ont jamais été dévoilés. D'ailleurs, vous avez perdu un peu de crédibilité, si je peux dire, lorsqu'on a découvert que vous n'aviez pas «créé» l'univers, mais que c'était dû à un phénomène appelé le

Big Bang. Euh... est-ce que ça vous insulte si je dis ça? Je ne voudrais pas mal commencer notre relation parce que j'ai plein de choses à vous demander... Et des fois, socialement, je fais des petites gaffes. C'est souvent parce que je parle trop. Bon, focus.

Si jamais il faut que je me nomme, eh bien, c'est Aurélie Laflamme. En passant, je ne suis pas baptisée; est-ce que je peux vous demander des choses quand même?

1) J'aimerais vous demander qu'il ne se passe pas trop grand-chose dans Les frères Scott, ce soir, car je ne voudrais pas être toute mêlée dans l'intrigue.

Mais bon, ça, c'est vraiment facultatif, c'est une demande pour me réchauffer.

2) J'aimerais vraiment me réconcilier avec mon amie Katryne Demers, s'il vous plaît. On s'est chicanées l'autre jour et ça me fait vraiment de la peine. En plus, c'était pour une niaiserie et je m'ennuie d'elle.

3) Si ma mère pouvait gagner plus d'argent et travailler moins, ce serait vraiment cool!

4) Ah! et si vous étiez capable de rendre les biscuits aux brisures de chocolat bons pour la santé et amincissants, ce serait génial, parce que je pourrais en manger plus, ma mère ne limiterait pas ma consommation à trois biscuits par repas et je ne serais pas obligée de manger les autres en cachette.

5) Aussi, si jamais c'est possible, j'aimerais ça, que vous disiez à mon père que je m'ennuie de lui et que je l'aime...

21 h 12

Ma mère est entrée dans ma chambre et elle m'a vue pleurer. Elle m'a dit qu'elle ne pensait pas que *Les frères Scott*, c'était si important pour moi. Alors, elle m'a avoué qu'elle me l'avait enregistré en me montrant la cassette. Je ne pleurais pas pour ça, mais je ne voulais pas lui parler de mon père, car ça lui aurait fait de la peine. Elle n'aime pas qu'on en parle. Elle m'a également avoué qu'elle avait trouvé ma blague d'aujourd'hui assez drôle et qu'elle l'avait dit à Denis Beaulieu, qui a pensé la même chose. Il veut tout de même rencontrer ma mère. Mais elle m'a promis de me défendre. Elle a ajouté : « Tu n'as rien volé, quand même ! »

J'ai serré la cassette des *Frères Scott* dans mes mains et, ensuite, ma mère très fort dans mes bras. Mais j'avais encore la cassette dans les mains, alors ç'a fait mal à ma mère qui a dit : « Ouch, la cassette ! » en me repoussant doucement.

Puis, avant de refermer la porte de ma chambre, elle m'a dit qu'elle avait un vague souvenir de l'affaire du savon à vaisselle.

Jeudi 15 septembre

Je vais dans une école de filles. Si j'allais dans une école mixte, j'aurais peut-être plus d'amis, parce que j'aurais la possibilité d'être amie avec des gars. Mais comme je vais dans une école de filles, cette possibilité est écartée.

Pourquoi je vais dans une école de filles:

En sixième année, je me tenais avec Rosalie Moisan. C'était ma, disons, meilleure amie dans ce temps-là, mais ç'a vite changé à la suite de ce qui s'est passé. Mais tant qu'il ne s'était pas passé ce que je ne savais pas qu'il allait se passer, je la considérais comme ma meilleure amie.

Bref. Voici ce qui s'est passé. Je me tenais avec Rosalie. Elle a commencé à sortir avec William Dorion, un gars de quatorze ans (mon âge actuel, et je peux vous jurer que les gars de onze ans ne m'intéressent pas du tout, alors que penser, avec le recul, de William Dorion, hum?). Rosalie était toute fière de sortir avec un gars de quatorze ans (qui, soit dit en passant, avait doublé et qui était en deuxième secondaire et non, comme moi, en troisième). Elle en parlait à tout le monde. Un jour, elle a voulu me présenter à William. Et lui, je ne sais pas trop pourquoi, a commencé à triper sur moi. Je jure que je n'ai rien fait pour que ça arrive, car, personnellement, je le trouvais un peu *twit*. (Malgré tout, j'avoue que je me sentais un peu touchée qu'un gars de quatorze ans tripe sur moi.) Il a commencé à me *cruiser* DEVANT ROSALIE! Dans ce temps-là, on dirait que je n'avais pas encore eu, disons, d'éveil au niveau de ma conscience. Et, au lieu d'être solidaire envers mon amie, j'ai commencé à sortir avec William. Évidemment, Rosalie s'est sentie très frustrée.

Tout ça pour dire que je suis sortie avec William pendant une semaine. À onze ans, je jouais encore à la poupée Barbie (je le sais, c'est vieux pour jouer à la Barbie, mais je n'étais pas capable de m'en empêcher et j'adorais ma Barbie Mèches Bleues, car je la trouvais rebelle), alors William riait un peu de moi (avec raison, j'imagine). D'ailleurs, parenthèse sans parenthèses, j'aimerais que, sur les boîtes de Barbie, soit indiqué l'âge où on doit officiellement arrêter de jouer sans passer pour «jeune» auprès de nos amis. Moi, je trouvais encore plus le *fun* de jouer à la Barbie à onze ans qu'à, disons, six, car j'avais des scénarios beaucoup plus élaborés, j'ajoutais de la musique, c'était vraiment comme un film que je faisais moi-même! Dommage que j'aie été totalement incomprise par le reste de la communauté des gens de onze ans.

Pour en revenir à William… au bout de notre sixième jour de fréquentation, il m'a demandé si j'étais d'accord pour qu'on frenche. Personnellement, je trouvais que William avait TRÈS mauvaise haleine. Je n'avais jamais encore frenché, mais je savais très bien de quoi il s'agissait, c'est-à-dire faire un tournicoti de langues. Et comme je trouvais que William avait mauvaise haleine, je me disais que faire un tournicoti de langues et donc de salive avec lui devait goûter très mauvais. Alors, je lui ai dit que ça ne me dérangeait pas, mais que j'aimerais bien qu'il se brosse les dents. Notre conversation à l'époque :

Lui : *Envoye*! On *frenche*!

Moi : Je sais pas…

Lui : *Envoye*!!! Je le dirai à personne!

Moi : Bon… OK. Mais j'aimerais ça que tu te brosses les dents.

Lui : Hein?!?!!!! Rapport?!!?!!! (Ponctuation telle que ressentie dans la vraie vie.)

Ensuite, je n'ai pas voulu l'insulter et lui dire que c'était parce qu'il avait mauvaise haleine. Et il est parti. Quelques jours plus tard, une *gang* de l'école me regardait et riait de moi en chuchotant. Rosalie était avec eux. J'ai demandé ce qui se passait et ils m'ont dit que les *frenchs* n'avaient aucun rapport avec le brossage de dents !

J'ai dit :

— Oui, ç'a rapport quand l'autre personne a mauvaise haleine !

En fait, c'est ce que j'*aurais aimé* dire, mais, sur le coup, ça n'est pas sorti. J'y ai réfléchi et ce n'est que quelques heures plus tard que j'ai pensé à cette réplique. Je me demande d'ailleurs pourquoi, quand les gens m'écœurent, je ne suis *jamais* capable de trouver tout de suite la bonne répartie qui leur en boucherait un coin ! Pourquoi faut-il que la répartie arrive cinq heures plus tard, juste avant que je m'endorme ? Impossible d'arriver le lendemain et de lancer la phrase incendiaire que mon cerveau m'a envoyée en retard parce que ç'aurait juste l'air hors sujet et que les gens me regarderaient l'air de dire : « Rapport ?!? », ce qui n'aiderait en rien ma cause.

À partir de ce moment-là, Rosalie n'a plus été mon amie. J'ai regretté énormément d'être sortie avec William, et le reste de l'école a ri de moi à cause de l'affaire brosse à dents/*french*, qui n'avait pas rapport, selon eux. (Je suis surprise que personne n'ait remarqué à quel point William puait de la bouche !) Tout ça n'a pas duré très longtemps. Mais juste assez pour que je me sente mal.

Donc, quand est venu le temps de choisir mon école secondaire, j'ai choisi une école privée pour filles.

Mes raisons :
1) Les gars m'énervent solide.
2) Puisque je ne serais entourée que de filles, je m'éviterais des problèmes causés par des gars.
3) Comme l'uniforme est obligatoire, je pensais économiser du temps (choisir des vêtements le matin, malgré la pauvreté de ma garde-robe, est un processus très loooong et complexe) et m'éviter toute remarque désobligeante sur ma tenue vestimentaire, petit détail qui m'a causé bien des soucis au primaire.

Les raisons que j'ai données à ma mère :
1) Mon éducation serait meilleure.
2) Mon père aurait aimé que son argent me permette d'aller dans une bonne école. (Bon, ça, c'était vrai, mais j'avoue que je m'en suis un peu servi pour toucher la corde sensible de ma mère et que ce n'était pas tout à fait correct de ma part... J'avais vraiment besoin d'une nouvelle vie !)

Finalement, c'est ma troisième année à l'école privée et je ne regrette pas mon choix. Et j'y ai rencontré Katryne, qui est devenue ma meilleure amie (même si, malheureusement, nous sommes en chicane depuis cinq jours, quatre heures et dix secondes).

Jeudi 22 septembre

Horreur! Ma mère a rencontré mon directeur aujourd'hui. Il lui a dit qu'il me trouvait «spéciale». Ma mère me l'a répété avant de déclarer qu'elle avait trouvé le directeur, et on parle bien ici de monsieur Denis Beaulieu, très charmant. Et elle a dit «charmant» de façon particulière. Un genre de façon avec un petit temps de réflexion, et les yeux qui bougent vers la droite pour revenir dans leur orbite et choisir le mot et le prononcer de façon un peu plus douce que le reste de la phrase, en plus d'un petit sourire en coin. Je capote! Si ma mère tripe sur Denis Beaulieu, je suis f-a-i-t-e!

Mais revenons-en à «blabla… spéciale». De quoi je me mêle, monsieur-le-directeur-que-ma-mère-trouve-«charmant»?

Oh! si je n'étais pas en chicane avec Kat, je l'appellerais tout de suite et on élaborerait un plan pour tenter d'analyser la situation avec du recul et non avec mon émotion de peur que mon directeur devienne le chum de ma mère et qu'il vienne vivre chez nous!

Ma mère: … et il voudrait que tu t'impliques plus dans tes cours.

Moi: Quoi?

J'étais tellement concentrée à imaginer ce que serait ma vie si ma mère se mariait avec Denis Beaulieu que je n'ai pas écouté ce qu'elle m'a dit.

Ma mère: Selon Denis… monsieur Beaulieu, tu pourrais avoir de bien meilleurs résultats si tu te forçais un peu plus.

Moi : Meh ?!? Il a dit ça ?

Ma mère : Mais ne t'en fais pas avec ça ! On n'est seulement qu'au début de l'année, tu auras le temps de te reprendre !

J'ai choisi l'école privée, mais je n'avais pas pensé que je serais considérée comme « spéciale » par le directeur ni que j'aurais à me forcer plus à l'école. Je n'ai pensé qu'à ne pas me chicaner avec mes amies et c'est arrivé quand même !

20 h 30

Je trouve ma vie limite stressante.

21 h

Je dois penser à un plan pour changer d'école.

21 h 02

Surtout si ma mère tripe sur mon directeur.

21 h 36

Plan A : Dire à ma mère que monsieur Beaulieu a une maladie de peau et que, sous son habit, il a l'air d'un lépreux.

21 h 37

Ouach !!!!!!!!!!!!!!!! J'ai des frissons d'effroi à imaginer monsieur Beaulieu avec... Aaaaaaaaaaaaaaaaark ! Mal de cœur !

22 h

Je suis totale insomniaque. Je n'arrive à trouver aucun plan pour empêcher ma mère de sortir avec mon directeur.

Vendredi 23 septembre

J'ai croisé Katryne à l'école et on ne s'est pas parlé. J'ai donc décidé d'aller manger dans les toilettes, pour qu'on ne me voie pas manger seule à la cafétéria.

Katryne n'est pas la seule personne avec qui je m'entends bien, mais c'est la seule avec qui je peux manger.

Chaque midi, tout le monde s'assoit toujours aux mêmes tables. Pas que les tables aient été assignées d'avance, mais quand une *gang* s'approprie une table, c'est sa table pour l'année. C'est comme ça depuis la première secondaire.

Puisque je mange avec Kat depuis la première secondaire, je ne peux vraiment pas m'asseoir avec une autre *gang* sans passer pour une intruse provenant d'une autre planète (ce que je suis probablement, vu mes difficultés d'adaptation sur cette planète-ci) ou pour quelqu'un qui se cherche des bouche-trous.

Mon amitié avec Katryne a commencé lors de l'examen d'entrée pour l'école. Elle avait une queue de cheval et, quand elle marchait, sa queue allait d'un côté et de l'autre. C'est vraiment un phénomène propre à Kat, parce que lorsque Justine Simard se fait une queue de cheval, aucun cheveu ne bouge. C'est peut-être une question de port de tête… ou de fixatif.

Donc, pendant l'examen, j'ai hésité sur une question. Kat (que je ne connaissais pas encore) l'a remarqué et a tourné son efface vers moi. Sur son efface, il y avait, écrit en tout petit, plein de notions importantes, dont la règle du participe passé accordé avec «avoir», qui me donne tant de misère, et dont j'avais besoin pour répondre à l'examen d'entrée.

Après l'examen, j'ai dit merci à Kat pour son aide. Elle m'a dit qu'écrire quelques aide-mémoire sur son efface était une très bonne technique, car, les profs étant myopes, c'était très rare qu'ils s'en rendent compte. Elle affirme encore aujourd'hui que cette technique ne peut être considérée comme de la tricherie. Mais c'est un point de vue qui se discute. J'ai trouvé l'idée géniale et je m'en suis toujours servie (quoique ça ne m'ait jamais aidée à répondre à des questions d'examen et que ça coûte très cher en gommes à effacer à ma mère qui se demande pourquoi je les perds toujours).

À partir de ce moment-là, Kat et moi sommes devenues amies et on s'est promis-juré de le rester *4 ever and ever*!

Kat est *hot*! Rien ne lui fait peur! Exemple: l'autre soir, nous attendions l'autobus pour revenir de l'arcade. Il y a un grand gars qui est arrivé derrière nous. Moi, j'ai figé. Mes jambes se sont mises à trembler (ça m'arrive toujours quand je suis nerveuse). Kat s'est retournée et lui a crié: «QU'EST-CE QUE TU VEUX?» Les gens se sont retournés vers nous, le gars est parti et Kat m'a prise dans ses bras et m'a demandé si j'allais bien. Ce soir-là, j'ai été étonnée de constater à quel point elle a les nerfs solides!

Kat dit que la popularité à l'école, ce n'est pas important. Ce qui compte, c'est d'avoir la meilleure amie du monde.

Malheureusement, on s'est chicanées. Vraiment pour une niaiserie, en plus.

Samedi 10 septembre, jour de ma chicane avec Kat

16 h 10

Tout d'abord, il faut dire que Kat a quelques règles lorsque nous sommes en présence de gars.

Les règles de Kat :

1) Ne jamais, au grand jamais, dire qu'on a déjà tripé sur Britney Spears ni sur 'N SYNC, même si ça fait partie d'un passé lointain.

2) Ne pas dire que j'ai joué à la Barbie jusqu'à onze ans, même si je suis capable d'autodérision à ce sujet. (Ben quoi ? Je m'assume !)

3) Ne pas dire qu'on aime parfois revoir *La Petite Sirène* et toujours dire qu'on aime les films d'horreur (même si ça nous fait faire des cauchemars).

4) Ne jamais dire qu'on s'est déjà exercées à embrasser avec notre bras. (Notre propre bras et non avec le bras de l'autre, ce qui aurait été franchement dégueulasse et, surtout, très gênant si Julyanne, la sœur de Kat, était entrée dans sa chambre sans frapper juste à ce moment-là.)

5) Ne pas sortir avec un gars s'il n'est pas approuvé par l'autre et s'il risque de briser notre amitié.

J'ai brisé une seule règle. À l'arcade, Kat dansait sur le *Dance Dance Revolution* (Kat est la meilleure à ce jeu qui consiste à faire les pas de danse proposés par un écran). Évidemment, elle fait toujours attention de ne pas choisir une chanson de Britney, même si ça fait partie des choix proposés et qu'elle est devenue une spécialiste grâce au jeu *Britney Spears Dance Beat* sur son Playstation 2.

Un super-beau gars est arrivé et lui a dit : « Wow ! T'es vraiment la meilleure ! » Et j'ai dit : « Dire que c'est grâce à BRITNEY SPEARS ! » Oups. C'est sorti tout seul. J'étais super-fière de Kat, mais les mots sont sortis de ma bouche parce que j'étais trop submergée de fierté.

Là, les gens qui admiraient la performance de Kat sont devenus silencieux. Comme si j'avais dit, je ne sais pas moi, que je déclarais la guerre ou quelque chose du genre. Je ne sais pas qui tripe encore sur Britney Spears, mais ce qui est sûr, c'est qu'elle n'avait aucun fan à l'arcade ce jour-là.

Bon, le gars qui a dit ça à Kat, c'était un employé de l'arcade et il n'est pas du tout de notre âge, donc impossible de l'envisager comme *chum* et c'est peut-être pour ça que je n'avais pas les « règles » en tête. Mais Kat m'a lancé un regard foudroyant et elle a arrêté de me parler. Je me suis excusée un million de fois, mais elle me boude. Kat est ma meilleure amie, mais j'avoue qu'elle est un peu soupe au lait. Elle est également très orgueilleuse. Probablement qu'après réflexion, elle trouve ma gaffe pas si pire que ça, mais qu'elle n'ose pas me le dire.

Retour au vendredi
23 septembre

15 h 43

En revenant de l'école, j'ouvre le *Miss*, un magazine de filles, et je décide de faire le test « Êtes-vous amies pour la vie ? ».

Miss Magazine

TEST : ÊTES-VOUS AMIES POUR LA VIE ?

Pas toujours facile d'êtres amies ! Mais c'est en traversant des obstacles qu'on approfondit nos liens. Fais le test pour découvrir si votre amitié est faite pour durer !

1. TA MEILLEURE AMIE EST INVITÉE DANS UN PARTY SUPER-HOT, ET PAS TOI. QUE FAIT-ELLE ?

a) Elle tente de te faire inviter.

b) Elle y va sans t'inviter.

c) Elle te dit qu'elle n'ira pas et tu apprends deux mois plus tard qu'elle y est allée.

C'est clair que je choisis la première réponse. Kat n'irait jamais dans un party sans moi !

2. TU TE SENS TRISTE ET TU TE CONFIES À TA COPINE. COMMENT RÉAGIT-ELLE ?

a) Elle t'écoute et te console.

b) Elle te dit que tout ça va passer et change de sujet.

c) Elle t'avoue que, depuis quelque temps, elle te trouve un peu chialeuse.

Chaque fois qu'on a de la peine, Kat et moi, on mange des Nibs. Après, on rit comme des folles et on saute partout en tentant de décoller le reste de bonbon qu'on a entre les dents! J'adore les Nibs.

3. TA MEILLEURE AMIE TRIPE SUR UN GARS DE L'ÉCOLE ET TU AS ÉGALEMENT LE BÉGUIN POUR LUI. COMMENT RÉAGISSEZ-VOUS?
a) Aucun béguin n'entravera votre relation.
b) Ça crée une tension, mais vous arrivez à vous entendre.
c) Vous le tirez à pile ou face: Que la meilleure gagne!

Kat et moi n'avons vraiment pas les mêmes goûts, ce qui est légèrement un avantage. Je dis «légèrement», car, vu qu'une de nos règles stipule que chaque gars qu'on choisit doit être approuvé, ça peut devenir un inconvénient si l'autre le trouve laid ou moron. Pour l'instant, ce n'est pas un problème en ce qui me concerne, car les gars m'énervent. Je ne comprends même pas ce qu'on devrait leur trouver. Ils puent! (Bon, ils ne puent pas vraiment, sauf certains qui puent pour de vrai comme William Dorion, mais c'est juste que j'ai d'autres choses à faire que de triper sur eux!) Et, hors sujet, quelqu'un devrait aller dire aux gens du *Miss* que personne n'utilise le mot «béguin»... Top vintage!

4. QUEL GENRE D'ACTIVITÉS FAITES-VOUS ENSEMBLE ?

a) Vous faites pratiquement TOUT ensemble.

b) Après l'école, vous faites souvent vos devoirs ensemble.

c) Vous vous voyez surtout à l'école.

Je dirais toutes ces réponses, donc la réponse « a », encore une fois. Mais… ce n'est pas la bonne réponse ces temps-ci. Depuis notre chicane, on ne se voit plus tellement, Kat et moi. J'aimerais tellement ça, l'appeler !

5. SI L'UNE DE VOUS DEUX CONFIE UN SECRET À L'AUTRE, QU'ARRIVE-T-IL ?

a) Il faudra des archéologues pour découvrir ce secret dans un million d'années !

b) Tu peux lui faire confiance, mais tu ne lui dis rien, juste au cas où.

c) Toute l'école le saura dès le lendemain !

Assurément « a » ! D'ailleurs, je trouve que les tests manquent souvent de suspens. À un certain moment, on se rend compte que si on ne choisit que telle réponse, on aura le résultat souhaité. Comme je suis une fille dotée d'un bon sens de la déduction, j'ai déduit que toutes les réponses « a » me conduiraient vers mon but, c'est-à-dire qu'on me dise que Kat et moi sommes les meilleures amies du monde *4 ever and ever* !

Résultats :

UNE MAJORITÉ DE « A »
AMIES POUR LA VIE !

Ta meilleure amie et toi, c'est du solide ! Vous avez plusieurs points en commun. Elle sait te faire rire et vous avez beaucoup de plaisir ensemble. Lorsque vous vous confiez quelque chose, non seulement ce secret est bien gardé, mais vous ne portez aucun jugement sur ce que vous vivez. Cette amitié est précieuse, fais-y attention !

Je n'ai pas fait attention à mon amitié. J'ai révélé un secret. Je crois que j'ai révélé le secret parce que je ne trouve pas que c'est un si gros crime, d'avoir tripé sur Britney Spears ! Mais je n'ai pas respecté Kat qui ne voulait pas que ça se sache...

UNE MAJORITÉ DE « B »
UNE BONNE AMIE

Vous êtes de très bonnes amies, mais vous auriez avantage à vous faire un peu plus confiance. À force de vous côtoyer, votre relation s'approfondira et se solidifiera. L'amitié est quelque chose qui se nourrit, qui se travaille. Vous avez encore bien du temps pour vous prouver mutuellement votre valeur !

Non, ce résultat ne ressemble en rien à Kat et moi. Sauf peut-être la partie qui dit que l'amitié se nourrit et se travaille. Peut-être que je devrais utiliser cet argument.

UNE MAJORITÉ DE « C »
L'AMIE TOXIQUE

Es-tu bien certaine que tu as fait ce test en pensant à une amie ? Si une personne te dit qu'elle est ton amie, mais qu'elle te rejette, raconte tes secrets ou parle dans ton dos, tu ne peux la considérer comme telle. Une véritable amie est digne de confiance et a envie de passer de bons moments avec toi.

Bon, j'ai raconté un mini secret. Mais je ne l'ai pas vraiment raconté, c'est sorti tout seul de ma bouche parce que j'étais trop fière d'elle et de sa performance sur le *Dance Dance Revolution* ! Je ne suis pas une amie horrible ! J'ai juste fait une gaffe !

J'aimerais bien appeler Kat pour lui dire les réponses de mon test. ET POUR LUI DIRE UNE FOIS POUR TOUTES QUE L'AFFAIRE DE BRITNEY SPEARS, C'EST NIAISEUX ! JE N'AI QUAND MÊME PAS RÉVÉLÉ QU'ELLE AVAIT DE L'ACNÉ SUR TOUT LE CORPS ! (Ce qui est totalement faux, en passant, je viens d'inventer ça.)

16 h 32

Je déchire la page du magazine et je mets le test dans mon sac. Ça peut toujours servir.

Rien à signaler. Mais vraiment rien. Ma mère et moi sommes allées chez ma grand-mère Laflamme et elle m'a fait des crêpes. Bon, je dis «ma mère et moi sommes allées», mais la vérité, c'est que ma mère y est allée et que j'ai été obligée de l'accompagner.

Heureusement, les crêpes de ma grand-mère sont les meilleures de l'univers! Quoique, n'ayant jamais voyagé aux confins de la galaxie pour vérifier mon affirmation, je dois dire que c'est une opinion qui n'est fondée que sur les autres crêpes de la Terre. En fait, elle est fondée sur les crêpes que j'ai goûtées dans ma vie, donc seulement ici, au Québec. Et puis, finalement, je n'ai pas goûté à beaucoup de sortes de crêpes, à part celles de ma mère et les déjà toutes faites Aunt Jemima. Alors, mon opinion n'est basée que sur mon goût personnel et mon instinct. Et je crois que mon instinct ne se trompe pas quand je dis que ce sont les meilleures de l'univers, car il me semble impossible de battre la sensation que je ressens quand je mange les crêpes de ma grand-mère!

Les crêpes de ma grand-mère Laflamme:

Elles sont très épaisses, avec tout le tour croustillant. Quand tu les mets dans ta bouche, c'est moelleux et délicieux, et on dirait que des feux d'artifice éclatent autour de toi! J'ai déjà demandé à ma grand-mère ce qu'elle met dedans et elle m'a répondu: «De la farine, de l'eau, un œuf, un peu de pourde à pâte et de l'essence de vanille et je les fais cuire dans la margarine.» Détail: ma grand-mère dit «pourde» et non «poudre». Il me semble très facile de dire «poudre», mais ma grand-mère n'est pas capable. Je ne sais pas pourquoi. Mais chaque fois qu'elle dit «pourde», ça me frustre solide.

Midi

Mon trip de crêpes a failli être interrompu par la question que ma grand-mère me pose chaque fois que je la vois. «Aurélie, tu n'as pas emmené ton p'tit *chum*?» (Avec une voix de grand-mère, cette question sonne de façon encore plus stridente.)

Bon, d'abord, pourquoi elle dit toujours «p'tit *chum*»? Est-ce parce qu'en général elle trouve que je suis une grande asperge (ce qui est vrai) incapable de se pogner un gars plus grand qu'elle (ce qui n'a jamais été vérifié)? Ou alors elle trouve les amours de jeunesse de très petite envergure et elle croit que je ne peux pas vivre une GRANDE histoire sérieuse, mais seulement une petite histoire sans importance.

Mes grands-parents Charbonneau, les parents de ma mère, n'ont aucun contact avec ma grand-mère Laflamme et, pourtant, ils me posent, eux aussi, toujours cette question. J'ai dit à ma mère de les avertir de ne plus me parler de ça. Si jamais j'ai un *chum* (petit ou grand), ce n'est pas à eux que je vais me confier. Mais ma mère m'a dit de les laisser faire. Zéro solidarité!

14 h 17

Je m'emmerde ! J'ai essayé de regarder un film plate qui passait à la télé, mais même le film plate était plus intéressant que la conversation de ma mère et de ma grand-mère, à laquelle je ne voulais pas participer. Et quand j'ai monté le volume pour entendre davantage les dialogues du film que leur conversation, ma mère m'a dit de le baisser. Elle a dit, et je cite :

— Baisse le volume ! On ne s'entend plus parler ici !

C'était justement ça, le but.

Mais je ne le lui ai pas dit.

Alors, j'ai entendu leur conversation plus que le film :

G-M : Avec quoi tu vas faire ta pâte à tarte, depuis qu'on sait que ce n'est pas bon d'utiliser du gras trans ?

Ma mère : Je n'ai pas vraiment le temps de faire des tartes.

G-M : Ils disent qu'il faut mettre du beurre…

Ma mère : Ah bon.

G-M : Du beurre, ça va coûter bien plus cher que le Crisco.

Ma mère : Tu peux continuer à faire tes tartes avec le Crisco, je pense que ça ne dérange pas.

G-M : C'est vrai qu'à mon âge j'ai survécu aux gras trans, je pense que je peux continuer à mettre du Crisco.

Franchement, je ne sais pas pourquoi ma mère m'oblige à venir visiter ma grand-mère.

1) Ma grand-mère habite à l'autre bout du monde ! (Une heure de voiture.)

2) Quand je reviens de chez elle, je pue. (C'est vrai, je ne sais pas pourquoi, mais c'est comme ça, un mélange de cigarette et de… gras trans, justement.)

3) Vu que je pue, je suis obligée de prendre deux douches dans la journée, ce qui m'agace profondément, car même si j'aime sentir bon, je déteste me laver les cheveux deux fois par jour.

4) Les conversations de ma mère et de ma grand-mère m'ennuient solide.

19 h 21

Dans la voiture, je dis à ma mère que je ne veux plus y retourner. Ma mère me répond que je suis très insensible étant donné que je suis la seule personne qui puisse rappeler à ma grand-mère son fils, c'est-à-dire mon père.

19 h 45

Je reste silencieuse. Le fait que ma mère dise ça m'a, disons, un peu bouchée.

20 h

Pendant le trajet, je regarde les étoiles dans le ciel. Et je me demande où est mon père dans cet infini.

21 janvier
(et jours suivants),
cinq ans plus tôt

Je me souviens que le jour où j'ai appris que je ne verrais plus jamais mon père il faisait super-froid. Le genre de froid qui te pogne dans les os. Tout s'est passé très vite. Il est parti le matin et semblait correct et, le soir, il n'était plus là. Décédé. Embolie pulmonaire. Il ne fumait pas et il était en bonne santé. Les médecins ne connaissent pas la cause. C'est juste… arrivé. J'ai eu de la peine. Énormément de peine. Je ne me souviens même pas si, ce jour-là, je lui ai dit au revoir avant qu'il parte. Je ne me souviens même pas si je lui ai assez dit que je l'aimais. Je ne me souviens de rien. À part que mon cœur s'est brisé en mille morceaux.

À cette époque, je ne comprenais pas trop ce qui se passait. Je n'avais jamais côtoyé la mort et je ne savais pas ce que c'était. Mon grand-père Laflamme est décédé avant que je vienne au monde, alors j'ai toujours su qu'il avait existé, et j'aurais bien aimé le connaître, mais ce n'est pas quelqu'un que j'ai, disons, perdu.

J'ai alors demandé à ma mère où était rendu mon père. Et ma mère, qui est peut-être la seule mère du monde à avoir répondu quelque chose de ce genre à sa fille de neuf ans, m'a dit qu'elle ne le savait pas. Elle a ajouté qu'il y avait plusieurs croyances à ce sujet, mais qu'aucune ne pouvait vraiment être vérifiée.

Que personne ne savait ce qu'était la mort et qu'elle ne savait pas elle-même que croire : vie après la mort ? réincarnation ? *whatever* !

Au moment où elle m'a dit ça, elle s'est mise à pleurer, et moi, à saigner du nez. Alors, après m'avoir fait pencher la tête en arrière (ce qui n'est pas une bonne technique, puisque, en première secondaire, j'ai appris qu'il faut la garder droite, mais ma mère semble ne pas avoir suivi les mêmes cours de premiers soins que moi), elle m'a parlé du paradis, tout en m'expliquant que mon père et elle-même n'y croyaient pas.

Ensuite, il y a eu les funérailles, les condoléances, le testament, etc.

Après ça, ma mère est devenue quasi-zombie.

Sa mère, ma grand-mère Charbonneau, est venue passer quelque temps à la maison. Et tout ce qui s'est passé par la suite est assez flou dans ma mémoire.

Au début, j'avais de la peine, mais, à la longue, j'ai fini par m'y faire. Et par comprendre que mon père ne reviendrait pas. Jamais. Pas ma mère. Ç'a toujours été difficile de parler de mon père avec elle. Des fois, j'ai l'impression qu'elle va mieux et j'essaie de lui en parler, mais elle devient toute rouge au niveau du cou, et des larmes lui montent aux yeux. Avec les années, j'ai compris que, quand son cou devient rouge, il faut tout de suite que je trouve quelque chose à dire pour éviter qu'elle en vienne aux larmes. J'ai mes trucs. Le plus souvent, j'essaie de la faire rire. Et, à mon grand soulagement, on passe à autre chose.

Ce que je trouve le plus difficile, quand je pense à mon père, c'est de ne pas trop savoir où il est et de penser qu'il a seulement disparu, comme ça, pouf.

Retour au samedi
24 septembre

20 h 03

Je regarde de nouveau les étoiles et j'imagine que mon père n'est pas décédé, mais qu'il est un extraterrestre de retour sur sa planète! (Trop cool!)

20 h 04

Ben quoi? Ce n'est pas pire que les gens qui pensent qu'Elvis n'est pas mort et qu'il habite sur une île déserte!

20 h 22

Le silence de ma mère m'a inquiétée. Quand j'ai vu le rouge lui monter au cou, je lui ai exposé ma théorie selon laquelle mon père est un extraterrestre qui vit sur une autre planète. Ma mère m'a regardée et elle s'est étouffée de rire. Et j'étais contente, car c'est la première fois qu'elle rit au sujet de ce, disons, événement.

Mardi 27 septembre

J'adore les cours de biologie! Pas vraiment parce que j'aime la matière, mais parce que j'adore sœur Rose, ma prof. Pour une sœur, elle est très spéciale. Elle a les cheveux gris remontés en chignon bouffant, de petites lunettes rondes, et elle s'habille *sexy*. Sous un sarrau blanc de scientifique, elle porte un chandail de laine avec décolleté plongeant, plein de colliers, une jupe et des chaussures à talons hauts. Il n'y a aucune autre sœur de l'école qui s'habille comme elle! Je la trouve rebelle.

Elle est en train de parler de l'anatomie du corps humain. Plusieurs filles rigolent dans la classe parce qu'elle dit des mots gênants. Wouaaaaaaaaaaaaah! je ne veux même pas les répéter!

Sœur Rose, c'est vraiment la plus drôle prof du monde! Elle est colorée et ses cours sont comme un vent de fraîcheur dans une journée.

Lors du premier cours, elle a dit:

— Bonjourrr, je m'appelle Rrrrose et je ne suis pas un suc.

Chaque fois qu'elle fait une blague, elle rit un petit peu en mettant sa main devant sa bouche. Top mignonne! La première fois qu'elle a fait cette «blague», nous n'avions pas encore appris ce qu'était un suc, mais sa «blague», qu'on ne comprenait pas, semblait faire beaucoup rire sœur Rose. Heureusement, on l'a appris quelques jours plus tard et, quand elle refait la «blague» (presque chaque fois qu'elle parle de sucs gastriques: dégueu), on ne la comprend toujours pas, mais au moins on sait ce qu'est un suc.

— Bienvenue dans le lab de bio, le plus beau local de la maison! Regardez, il y a une, deux, trois, quatre, cinq, six fenêtres! Pas une! Pas deux! Pas trois! Pas quatre! Pas cinq! Six! J'ai dit «six»! Est-ce que j'ai dit «six»? Oui, j'ai dit «six»!

Sœur Rose dit toujours «la maison» quand elle parle de l'école. Je crois que c'est parce qu'elle vit ici.

Ensuite, elle nous a présenté le squelette qui trônait sur son bureau, appelé Oscar. «Os-corps», a-t-elle dit en riant encore avec sa main devant sa bouche. Elle trouvait son jeu de mots trèèèèès drôle. Moi, je trouve sœur Rose bien plus drôle que ses blagues.

9 h 22

Pendant qu'elle parle, je réfléchis à ma condition d'être humain. Si je me sens si différente des autres et que je trouve les cours de biologie si amusants, c'est probablement parce que je n'ai rien à voir avec l'anatomie «terrienne».

Et si ma théorie mon-père-est-un-extra-terrestre n'était pas si folle?

9 h 23

Naaa! C'est con!

9 h 24

Si mon père est un extraterrestre, peut-être que moi, Aurélie Laflamme, j'en suis une aussi, et qu'un jour il viendra me chercher. (Tellement impossible!)

9 h 25

— La bile, c'est jaune! C'est de la belle bile jaune! clame sœur Rose pendant que je pense à ma théorie.

Je suis peut-être une extraterrestre qu'on aurait oubliée sur la Terre après une panne de vaisseau spatial lors d'un voyage inter-galactique!

9 h 26

J'espère que les extraterrestres sont aussi beaux que Max, dans *Roswell*.

9 h 27

Oh wow! ce serait vraiment cool que mon père vienne me chercher et que, sur sa planète, je rencontre un genre de Max!

9 h 28

C'était quoi, donc, le nom de l'acteur qui le jouait? Ah oui! Jason Behr?

9 h 29

À moins que ce ne soit Brendan Fehr... C'est bizarre d'engager deux acteurs dans une même série qui ont des noms aussi semblables que rares. Hum... ça ne m'avait jamais frappée avant, mais je crois que c'est louche.

Si seulement je pouvais en parler à Kat!

9 h 30

— Sauvez-vous! dit sœur Rose au moment où la cloche sonne. Sauf toi, Arianne! ajoute-t-elle en me regardant.

Moi: Moi?

SR : Oui.

Moi : C'est Aurélie, mon nom.

SR : Ah oui ? Désolée… (Elle regarde sur sa liste d'élèves, peut-être par peur de se faire niaiser.) On est encore au début de l'année. À Noël, je vais sûrement connaître tous vos noms par cœur !

Elle replace Oscar sur son bureau et ne me regarde pas. Je me balance sur mes pieds en attendant qu'elle me dise ce qu'elle veut me dire.

Moi : Euh… sœur Rose, vous vouliez me voir ?

SR : Ah oui ! Ce que je dis en classe, ça ne t'intéresse pas ?

Moi : Oui, oui…

SR : Tu n'écoutes pas.

Moi : C'est que… je réfléchissais.

SR : À quoi ?

Moi : Des choses…

SR : Des choses ayant rapport avec la biologie ?

Moi : Hum… genre.

SR : Ce que l'on conçoit bien s'énonce clairement et les mots pour le dire viennent aisément. (Elle a dit ça en levant son index, comme si elle était contente de ploguer son proverbe.)

Moi : Est-ce que vous croyez aux extra-terrestres ?

SR : Tant que quelque chose n'a pas été scientifiquement prouvé, on ne peut pas dire que ça existe.

Moi : C'est drôle que vous disiez ça…

SR : Ah, pourquoi ?

Moi : Vous êtes une sœur… Vous êtes mariée avec… Dieu ?

SR : Oui…

Moi : Quelle expérience scientifique prouve son existence ?

Sœur Rose se retourne vivement vers moi et me regarde par-dessus ses lunettes.

SR : Arianne…

Moi : Aurélie.

SR : C'est en effet dichotomique.

Moi : Dico quoi ?

SR : Une contradiction.

Moi : Ah…

SR : Il y a une différence entre la foi et la science. Mais c'est un débat de tous les temps. Mais pourquoi tu poses des questions sur les extraterrestres ?

Moi : Pour rien…

J'aurais pu répondre plein de choses comme : « Je ne me sens pas d'appartenance à la planète Terre » ou : « J'aimerais qu'on vienne me chercher en vaisseau spatial, car ça doit être trop cool ! » ou encore : « Si Elvis est sur une île, mon père est sur une nouvelle planète. » Mais j'ai préféré ne rien dire. De toute façon, il ne me reste que quelques minutes pour me rendre à mon prochain cours (maths) dont le local est complètement à l'autre bout de l'école.

SR : Tu sais qu'il y a de grands scientifiques qui sont devenus de grands croyants ?

Moi : Non…

SR : Plus tu apprends des détails sur l'être humain, plus tu te questionnes. Les scientifiques en question, dont je fais partie, ont de la difficulté à concevoir comment tout ça est arrivé par « hasard » (elle a fait elle-même les guillemets avec ses mains), ainsi que le veut la théorie de l'évolution de Darwin. Même la technologie a de la difficulté à reproduire ce que la nature a réussi à créer. Tu vas voir, si tu es attentive en classe cette année, tu vas découvrir des choses formidables !

9 h 46

Sœur Rose a parlé, parlé, parlé. Pendant au moins trois millions d'années ! Tellement que je suis arrivée en retard à mon cours de maths. En entrant dans la classe, Jocelyne m'a regardée avec des yeux fâchés et j'ai invoqué des « problèmes de filles », ce qui fonctionne à tous coups. J'ai vu que Kat a compris que j'ai menti, car elle m'a fait un sourire en coin.

Mercredi 28 septembre

Lettre pour Kat :

Chère Kat (je précise « Kat » au cas où c'est pas toi qui la lis parce que je ne voudrais surtout pas que quelqu'un d'autre trouve cette lettre, croit qu'elle lui est adressée, la lise et découvre son contenu si ce n'est pas toi. Évidemment, je présume de la bonne foi de la personne qui pourrait trouver cette lettre et j'imagine qu'elle arrêtera de lire à « Kat », car si cette personne ne s'arrêtait pas à ton nom en voyant pourtant que cette lettre ne lui est pas adressée, ce serait hyper-machiavélique. Quoique, en écrivant tout ça, je me demande si ça ne pique pas la curiosité d'un éventuel lecteur machiavélique… Hum),

Je voulais t'écrire une lettre, mais je crois qu'il est plus sûr qu'on se parle en personne.

Aurélie
xxx

Jeudi 29 septembre

Cette semaine, j'ai dîné dans les toilettes et quelquefois dehors, dans un endroit éloigné, où je faisais semblant d'étudier. J'ai essayé de dîner à la bibli, mais on m'a bien avertie que c'était interdit. Alors, ce midi, je dîne encore dans la salle de toilettes. C'est l'endroit le plus sûr pour ne pas être repérée quand on est seule.

Près de ma cabine, j'entends un son de canette « pshhht », puis : « Oh ! merde ! »

C'est la voix de Kat !

Moi : Kat ?

Kat : Quoi ?

Moi : Tu manges dans les toilettes ?

Kat : Ah, hein ! Pas besoin de rire de moi !

Moi : Je mange dans les toilettes, moi aussi…

Kat : C'est vrai ?

Moi : Ben… oui.

Quelqu'un entre. C'est Justine Simard et Marilou Roy-Bouchard. Elles sont en train de raconter que la fin du monde est annoncée pour 15 h 12 cet après-midi. Il paraît que c'est selon une prédiction de Nostradamus qu'elles ont trouvée sur Internet. Pfff! elles sont tellement nounounes de croire à des niaiseries pareilles!

13 h 09

Justine et Marilou partent enfin après une interminable séance de maquillage et de brossage de cheveux. Justine semblait avoir un mal fou à refaire sa queue de cheval. Selon ce qu'on a entendu, beaucoup de cheveux ne voulaient pas entrer dans l'élastique. Justine a des cheveux blonds très épais et très beaux. Et elle a de gros seins. Comparativement à Kat et à moi, elle a l'air vraiment plus vieille. C'est une belle fille typique. Quant à Marilou, elle est tout le contraire de Justine. Elle est petite, grassouillette et elle a les cheveux noirs coupés assez court. Depuis la première secondaire, Marilou et Justine n'ont jamais été célibataires. Elles ont au moins un nouveau *chum* par mois (oui, bon, j'exagère!).

Une fois Justine et Marilou parties, Kat et moi sortons des toilettes et je remarque que la chemise de Kat est toute mouillée. Mal à l'aise, elle dit:

— Je me suis *splouché* toute ma canette de Sprite dessus!

Moi: J'ai une chemise de rechange dans mon casier.

Kat: Penses-tu que c'est la fin du monde pour vrai?

Moi: Ben voyons! Justine et Marilou disent toujours n'importe quoi!

Kat: On devrait avertir monsieur Beaulieu que ça va être le chaos cet après-midi. (Elle s'avance vers le lavabo pour nettoyer sa chemise.)

Moi: Non, pas lui!

Kat: Pourquoi?

Moi: On dirait qu'il *cruise* ma mère!

Kat: Tu capotes! (Elle ne me regarde pas vraiment et continue de se nettoyer avec le papier pour s'essuyer les mains, ce qui laisse de petits granules bruns sur sa chemise.)

Moi: Pas question que ma mère se mette à sortir avec le directeur quand il y a cinquante pour cent de la planète constituée d'hommes!

Kat: Il paraît qu'il y a plus de femmes que d'hommes sur la planète.

Moi: Même si c'est quarante-neuf pour cent, ça lui laisse en masse de choix.

Kat: Il paraît que les femmes de quarante ans et plus ont davantage de chances de se faire frapper par la foudre que de rencontrer un homme.

Moi: Ben non! C'est n'importe quoi!

Kat (en frottant frénétiquement): Maudite chemise! Euh... j'ai eu ta lettre.

Moi: Ah.

Kat: Je m'ennuie de toi!!!

Moi: Moi aussi!!!

Kat: Arrrrgh! je suis toute collée!

Moi: Relaxe! Viens, on sort d'ici, de toute façon, ça pue trop le fixatif!

En sortant, je lui pose la question qui me brûle les lèvres depuis si longtemps:

— Tu ne trouves pas ça bizarre que, dans *Roswell*, il y avait un acteur qui s'appelait Jason Behr et un autre qui s'appelait Brendan Fehr?

13 h 15

Justine et Marilou ont dit à tout le monde que la fin du monde était prévue pour 15 h 12. Elles sont vraiment tartes!

13 h 31

Sœur Rose a raison: l'être humain est complexe. Puisque tout le monde capote à cause de Justine et de Marilou, je dirais que l'être humain est trop *twit*!

14 h 01

Par l'interphone, monsieur Beaulieu a dit que les filles qui ne seraient pas en classe auraient une retenue.

14 h 04

Vu qu'il ne croit pas à cette histoire de fin du monde, monsieur Beaulieu grimpe dans mon estime, même s'il a dit à ma mère que je ne me forçais pas assez à l'école.

14 h 05

Se forcer à l'école! J'ai une vie, moi!

14 h 06

Si on considère le fait que ma vie devrait être consacrée à mes études, il est vrai que je pourrais me forcer un peu plus.

14 h 15

Marie-Claude, la prof de français, nous a dit de ne pas nous en faire. Elle nous a expliqué que, chaque année, il y a une rumeur de ce genre à l'école, supposément appuyée sur les prédictions de Nostradamus, mais qu'aucune de ces rumeurs ne s'est jamais concrétisée.

15 h 01

Il reste onze minutes avant la «supposée» fin du monde.

15 h 07

Évidemment, tout le monde est agité et personne ne suit le cours de français. On s'en fout, des participes passés, lorsqu'on sait qu'il ne nous reste que quelques minutes à passer sur la planète!

15 h 10

Marie-Claude nous a fait perdre de précieuses minutes de notre temps en nous obligeant à faire un exercice poche, sans oublier de préciser que les points comptaient. Quelle idée de faire un test-surprise juste avant la fin du monde! (Soudainement, la fin du monde me semble être une très bonne solution à mes problèmes scolaires.)

15 h 12

Je penche la tête, juste au cas où quelque chose de très gros tomberait. Je me demande comment arrivera la fin du monde. Kat n'est pas dans le même cours de français que moi. Étant bonne en français (à part pour les participes passés), je suis dans le groupe «enrichi» (terme inapproprié, selon moi, surtout depuis le commentaire de Beaulieu, oups!... «monsieur» Beaulieu), mais pas Kat.

15 h 13

Il n'y a pas eu de fin du monde.

15 h 20

Marie-Claude nous a dit de prendre un crayon rouge et de corriger nous-mêmes notre copie selon les réponses qu'elle donnerait. J'ai été tentée, lorsqu'elle avait le dos tourné, de corriger mes fautes et de me mettre tout bon, mais Anouk Lessard me regardait et j'avais peur qu'elle me dénonce. J'ai eu 6/10.

C'est toute cette affaire de fin du monde qui m'a déconcentrée!

15 h 30

Si l'être humain est si « parfait », pourquoi est-il obligé d'aller à l'école?

19 h 27

Quand ma mère est arrivée, je lui ai raconté l'affaire de la fin du monde. Je lui ai dit que j'avais eu 6/10 dans un test de participes passés et que c'est moi qui avais eu la note la plus poche de la classe. Avec un clin d'œil, elle m'a dit:

— Ce n'est pas la fin du monde!

Et elle a tout gâché en ajoutant:

— Tu n'as pas fait la vaisselle?

P.-S.: Je me demande à partir de quel âge ma mère a commencé à triper sur le ménage.

Note à moi-même: M'assurer que ce n'est pas héréditaire.

Note à moi-même n° 2: Si oui, tenter de consacrer les prochaines années de ma vie à la recherche d'un vaccin contre l'obsession du ménage.

20 h

Kat m'a appelée et on a parlé un peu de *Roswell*. Pas seulement du fait qu'on s'ennuie de la série, mais également de ma théorie sur l'étrangeté de retrouver deux acteurs avec des noms bizarres dans la série. Elle m'a dit que, pour nous qui portons des noms ordinaires comme Demers (elle) et Laflamme (moi), des noms comme Behr (Jason) et Fehr (Brendan) semblent bizarres, mais pour des gens qui portent des noms comme Behr et Fehr, des noms comme Demers et Laflamme pourraient avoir l'air bizarres. Hum… pas fou.

21 h

La vraie fin du monde, ç'aurait été de ne jamais me réconcilier avec Kat (ou que ma mère m'oblige à nettoyer le frigo…).

Octobre

Des astres non favorables

croupette toupé ?!?

signe du cancer

+

=

MA VIE KAPOUT !!

Allô ?
Yo ?
Salut ?

FLÛTE !!
TAMPON

DIX-ROUES

→ mon cœur

PING BOUM BANG

MACHINE DE L'ARCADE

COOL ! PAS COOL !

POST-IT ANTI-GUERRE

Aurélie

MOM

SKATE !!

Samedi 1ᵉʳ octobre

Kat trouve que mon histoire d'extra-terrestre, c'est franchement nul (pas seulement pour *Roswell*, qui est considéré comme une affaire classée depuis qu'on a tranché que les noms des acteurs de la série ne constituent pas une preuve de conspiration extraterrestre, mais surtout pour l'histoire de mon père). Je ne lui ai rien dit, mais je trouve tout aussi nul de croire dur comme fer qu'elle se mariera un jour avec David Desrosiers de Simple Plan ! Sur le chemin de l'arcade (où Kat tient à m'emmener pour une « surprise »), elle me parle d'ailleurs depuis au moins quatre minutes de son amour inconditionnel pour lui.

Kat : T'as vu comment il tient sa basse ? Et son p'tit look, c'est trop *cute* ! Il est trop top !

Moi : Pas pire… si on aime les cheveux sales.

Kat : Ah, Au, t'es vraiment nouille ! Il n'a pas les cheveux sales, c'est du gel !

Kat m'appelle Au, à ne pas confondre avec « eau » ni la lettre « o ». Parfois, ça peut créer une certaine confusion chez moi, lorsqu'elle me dit, par exemple : « Peux-tu m'apporter du papier, Au ? » et que je n'entends pas le mot « papier » parce qu'il y a interférence extérieure et que je lui apporte de l'eau parce que j'ai compris :

«Peux-tu m'apporter eau?» Je sais très bien que Kat ne parle pas comme une femme des cavernes et qu'elle aurait pris soin de dire «de l'eau», mais, au moment où j'entends cette phrase, je crois que l'interférence en question n'a coupé que le «de l'». Bon, je raconte cet exemple seulement parce que c'est arrivé hier matin dans le cours d'arts plastiques (arts plates, pour ceux qui, comme moi, n'ont pas de talent).

13 h 10

Nous sommes à l'arcade, devant le *Dance Dance Revolution*. Kat m'a dit que, pour me faire pardonner, je devais danser sur *Oups, I did it again*, de Britney Spears. Le problème, c'est que Kat est bonne à ce jeu, mais, moi, je suis pourrie. Je n'en reviens pas qu'elle tienne absolument à ce que je danse là-dessus pour me faire pardonner un secret qui n'en est pas vraiment un. Je croyais que notre chicane était maintenant chose du passé!

13 h 15

Je me résigne et m'installe sur la plateforme. Je regarde les flèches par terre. Kat insère les jetons dans l'appareil et choisit elle-même *Oups, I did it again* en me regardant avec des yeux triomphants (ou moqueurs? ou vengeurs? ou... n'importe quoi!). Je trouve qu'elle exagère un peu. Franchement! Je pensais que notre chicane était réglée. Pas qu'elle allait me sortir une espèce de vengeance débile! Oups, la musique joue.

Un pied à gauche. (Ha! ha! ha! J'ai dit «oups», comme dans la chanson.)

Un pied à droite. (Hé, je ne suis pas si pire à ce jeu, finalement!)

Deux fois en arrière. (Hein, ça va vite? Je ne l'ai pas vu venir, celui-là…)

Deux fois sur les côtés. (Quoi?)

Non, c'est un saut. (Je jette un coup d'œil à Kat qui se retient pour ne pas faire les pas en même temps.)

Un pied en avant.

Deux pieds sur les côtés.

Au secouuuuuuurs! Je suis toute mêlée!

13 h 20

Je descends de la plateforme, un peu honteuse.

13 h 25

Kat rit. Elle jure qu'elle ne rit pas de moi, mais *avec* moi. Franchement, je ne comprends pas pourquoi les gens disent ça. Si la personne qui fait rire (en l'occurrence moi, en ce moment) ne rit pas elle-même, comment peut-on affirmer qu'on rit *avec* elle?

Kat: Oh! prends pas ça mal!

Moi: Ben non, là…

Kat: C'était juste pour rire! Ça m'a fait honte quand tu as dit devant tout le monde que je m'étais exercée sur du Britney Spears.

Moi: Tu devrais t'assumer! Il paraît que *Britney Spears Dance Beat*, c'est le jeu préféré de Jeff Stinco, de Simple Plan!

Kat (un peu bouche bée): C'est vrai?

Moi: Oui, je l'ai lu dans le *Miss*!

Kat: Je suis sûre que ce n'est pas vrai! Ou que Jeff était ironique! Pis… j'avais droit à ma revanche!

Moi : Une vraie revanche aurait été que tu dises à tout le monde que j'aime *La Petite Sirène* !

Kat : HÉ, TOUT LE MONDE, AU TRIPE SUR…

Je lui mets la main sur la bouche et on commence à pouffer de rire en révélant de faux secrets devant tout le monde, chacune essayant de faire taire l'autre en lui bouchant le nez ou en lui mettant la main sur la bouche.

Moi : Kat, ha ! ha ! ha !, met des kleenex dans sa brassière !

Kat : Au dort sur une, ha ! ha ! ha !, taie d'oreiller avec la face d'Orlando Bloom !

Moi : Kat pense, ha ! ha ! ha !, que dans cinquante ans, ha ! ha ! ha !, le monde va plus se rappeler de 'N SYNC, ha ! ha ! ha ! que des Beatles !

14 h 01

Finalement, notre petite scène n'a pas plu, car on s'est fait mettre à la porte. En sortant, j'ai échappé quelques affaires de mon sac. Dans notre petite, disons, bataille, Kat a ouvert mon sac par inadvertance. Quand je m'en suis rendu compte, j'étais déjà sortie et le gardien de sécurité nous regardait d'un œil réprobateur et, même si je lui faisais des signes pour lui montrer mes affaires par terre, il ne bronchait pas. Je crois qu'il pensait que je le niaisais parce que je lui faisais des signaux incompréhensibles (selon sa perception) par la fenêtre. Puis j'ai vu un gars qui ressemblait à Ryan Sheckler, avec les oreilles moins décollées, ramasser mes choses.

QUI EST RYAN SHECKLER ?

Selon le **Miss Magazine**

Ryan Sheckler (Champion de skate)

Nom complet : Ryan Allen Sheckler.

Surnom : Shecky.

Date de naissance : Le 30 décembre 1989.

Signe astrologique : Capricorne.

Frères et sœurs : Il a deux frères cadets, Shane et Kane.

Petits trucs inusités :

• Il adore tous les films de la série James Bond.

• Il n'aime pas les gens qui se plaignent pour rien.

• Sa matière favorite est la science.

Site officiel : www.ryansheckler.com.

Petit secret : Je trouve Ryan Sheckler vraiment beau. Il a une belle bouche et ses cheveux blonds un peu longs bougent d'un côté et de l'autre. Et quand il fait du skate longtemps, ses cheveux deviennent un peu mouillés (seulement dans mes rêves, car je ne l'ai jamais vu faire du skate en vrai). Ma passion pour Ryan n'est pas aussi puissante que celle de Kat pour David (mais au moins, je tripe sur des gars de mon âge, moi), mais disons que je le trouve juste pas pire beau. Whouuuu !

Mais peu importe mon admiration pour la beauté de Ryan Sheckler, le gars qui lui ressemblait VOLAIT MES AFFAIRES !

J'ai crié au gardien :

— Hé ! regarde ! Il vole mes affaires !

Le sosie de Ryan Sheckler est sorti et m'a donné mes affaires : une paire de lunettes de soleil, mon test « Êtes-vous amies pour la vie ? » et… un tampon.

J'ai pris les lunettes, le test, mais j'ai regardé le tampon d'un air pincé et j'ai lancé :

— Ce n'est pas à moi… (Ce que tout le monde aurait fait.)

Il a dit :

— Je l'ai vu tomber de ton sac. (Il me regardait ?)

J'ai dit :

— Non, non, t'as dû te tromper. (S'il est vite, comme l'est sûrement le *vrai* Ryan, il comprendra que la situation me gêne énormément et il laissera tomber pour le tampon !)

J'ai ajouté (parce que personne ne disait rien, malaise !) :

— Je ne vois pas comment un tampon aurait pu arriver là.

J'ai regardé Kat, et mes yeux lançaient un message très clair : « Au secours, viens à ma rescousse, s'il te plaît, s'il te plaît ! »

Kat, comme si elle avait entendu mes pensées (vive mes dons de télépathie), est intervenue :

— Ce n'est pas un tampon ! C'est une flûte miniature portative !

J'ai regardé Kat, abasourdie, avec tous les points d'interrogation que je pouvais mettre dans mon regard.

Le sosie de Ryan nous a dit, sans broncher :

— Tiens, votre flûte.

Kat a pris le tampon et Faux-Ryan est parti.

14 h 10

Moi : Kat... Rapport ?!? Une flûte miniature portative ! Rapport ?!?!!!!!!

Kat : Excuse-moi ! Ha ! ha ! ha ! Je voyais que le gars t'intéressait et j'ai remarqué ton malaise quand il t'a tendu le tampon, ha ! ha ! ha ! et j'ai essayé de te défendre et c'est la première affaire, ha ! ha ! ha ! qui m'est venue en tête !

Moi : Mais si le gars m'intéressait, ce qui est totalement *faux* en passant, il va penser que je joue de la flûte avec des tampons !

Kat : Ha ! ha ! ha ! J'essayais de penser vite, ha ! ha ! ha ! et je me suis dit que ça pouvait, ha ! ha ! ha ! avoir la forme d'une flûte, ha ! ha ! ha ! et j'ai dit ça. Ha ! ha ! ha !

14 h 15

Fou rire interminable. Kat a sorti le tampon de son enveloppe et a placé sa bouche sur l'embout. Elle a ensuite placé ses doigts sur le reste du tampon et elle a fait semblant de jouer de la flûte. Parfois, elle tirait même sur le cordon, comme si ça faisait partie de « l'instrument ». Et elle chantait : « Tou tou lou tou tou lou tou tou lou tou. »

On a tellement ri ! À en avoir mal au ventre. Kat a dit qu'elle voulait garder le tampon-flûte en souvenir d'un des plus gros fous rires de sa vie.

15 h 50

On a rangé la flûte chez elle, dans sa boîte à souvenirs, après l'avoir enroulée dans le test « Êtes-vous amies pour la vie ? ». Kat m'a dit qu'elle aurait répondu exactement les mêmes choses que moi.

Kat : Au, tu crois que ça paraît vraiment, les kleenex dans ma brassière ?

Moi : Quoi ?!? Tu mets des kleenex dans ta brassière ? Désolée, quand j'ai dit ça tantôt, je ne savais pas que tu faisais ça pour vrai...

Kat : Mais non ! Je te niaise ! Ha ! ha ! ha ! ha !

16 h

En revenant chez moi, je me dis que je n'aurais jamais pensé à essayer de faire croire à quelqu'un qu'un tampon était une flûte miniature. Kat est vraiment trop drôle !

22 h

Je suis incapable de me concentrer sur le *Archie* que je suis en train de lire. Car je suis gênée par rapport à Faux-Ryan. J'espère qu'on ne le reverra pas. Il faut vraiment qu'on ne remette plus jamais les pieds dans cette arcade.

22 h 10

De toute façon, on s'est fait mettre à la porte.

22 h 15

De toute façon n° 2, je m'en fous solide, de ce gars-là !

22 h 16

Une taie d'oreiller avec la face d'Orlando Bloom imprimée dessus... Hum, ce serait vraiment pas pire !

Dimanche 2 octobre

Réveil totalement brutal ce matin. Je rêvais que je faisais du skate avec Ryan (total improbable, puisque je ne fais pas de skate), puis, dans le rêve, un camion de pompiers a foncé droit sur nous. J'ai ouvert les yeux et je me suis rendu compte que ça sonnait à la porte. J'ai regardé l'heure : 9 h 22. Beaucoup trop tôt pour sortir de mon lit un matin de fin de semaine. Surtout qu'hier, j'ai lu des *Archie* jusqu'à minuit. (Chut ! J'ai fait semblant de dormir quand ma mère est venue me souhaiter bonne nuit, mais j'avais mon *Archie* caché à côté de moi et je l'ai ressorti quand elle est partie. Ni vu ni connu ! Top Ninja.)

— Mamaaaaaaaaaaaaaaaaaaaan !

Pourquoi elle ne répond pas à la porte ?

Ça sonne une autre fois. Je vais à la porte pour répondre. J'ouvre. Il y a deux « madames ». L'une tient une balayeuse et l'autre me dit :

— Peut-on parler à la dame de la maison ?

(J'ai l'air de quoi, moi, d'un éléphant ?)

Moi : Non, elle n'est pas là. Euh… oui, elle est là, mais elle est dans le bain. Et elle fait du karaté. Ben, elle ne fait pas du karaté *dans* le bain, mais elle sait en faire dans la vie.

(Fiou ! un peu plus et je révélais que j'étais seule à la maison et, du coup, elles auraient pu m'enlever ou je ne sais pas quoi !)

Madame avec balayeuse : Quel est le meilleur temps pour repasser ?

Moi : Ma mère le fait toujours après le lavage. (Ha ! ha ! ha ! je suis en feu avec ma blague !)

Madame avec balayeuse : Ho ! ho ! ho ! T'es mignonne !

(Mignonne ? Rapport ?!?)

Madame avec balayeuse : Je recommence, quel est le meilleur temps pour *revenir* ? Ho ! ho ! ho ! (Son rire est un mélange de père Noël et de souris qui se fait piler sur la queue.)

Moi : Euh... jamais. On a déjà une balayeuse. Et ma mère est très occupée avec ses cours de karaté. Pas qu'elle s'absente souvent pour aller à ses cours, mais elle pratique, ici, tous les jours.

Madame sans balayeuse : Tiens, voici notre carte, si jamais ta mère le désire, on viendra faire une démonstration gratuite.

10 h 15

Ma mère entre.

Moi : Où est-ce que t'étais ? J'ai failli me faire attaquer !

Ma mère : Par qui ?

Moi : Par des vendeuses de balayeuses. Je leur ai dit que tu faisais du karaté.

Ma mère : Ah bon !

Moi : T'étais où ?

Ma mère (en déposant des sacs d'épicerie sur le comptoir) : Je suis allée faire l'épicerie. Et je t'avertis tout de suite, ne t'organise rien aujourd'hui, parce que c'est le bordel ici et on fait le ménage toute la journée.

Moi (lui montrant la carte d'affaires des vendeuses de balayeuses) : Appelle ces « madames »-là. Elles vont passer la balayeuse gratuitement !

Ma mère m'a regardée avec un de ces airs! Comme si je venais de dire quelque chose de complètement épais! Genre: «J'adore le foie de veau.» On se fait réveiller par des «madames» qui nous donnent une carte pour nous offrir un service, alors je ne vois pas pourquoi on n'en profiterait pas!

11 h 34

C'est moi qui nettoie la salle de bain. Pourquoi je nettoie toujours la salle de bain? Ma mère me dit que c'est parce que je suis bonne pour ça. Franchement! Elle n'a vraiment aucun don pour la psychologie, car elle pourrait m'encourager à faire des choses dans lesquelles j'ai un réel avenir!

11 h 36

Kat m'a appelée pour aller magasiner. Je lui ai répondu que je ne pouvais pas parce que ma marâtre de mère a décidé qu'on faisait le ménage. Kat a dit: «Bye, Cendrillon», et elle a raccroché en faisant notre bruit de tampon-flûte, «tou tou lou tou tou», ce qui m'a fait rire avant de reprendre ma tâche hyper-plate.

Si les vendeuses de balayeuses m'avaient enlevée, je crois que j'aurais passé une meilleure journée (à moins qu'elles ne m'aient forcée à faire les démonstrations de balayeuses, dans ce cas, ç'aurait été du pareil au même).

Midi

Ma mère et moi, on s'est fait des sandwiches. Je lui ai raconté la blague que j'ai faite aux « madames balayeuses » sur le repassage et elle a vraiment ri. Puis elle m'a dit qu'elle connaissait quelques trucs de karaté.

Moi (en prenant un morceau de fromage) : T'as déjà pris des cours de karaté ?

Ma mère (en mettant son doigt dans sa bouche pour enlever une goutte de moutarde) : Oui, avec ton père. C'est lui qui m'y avait obligée.

Moi (après un petit silence) : Est-ce que tu penses à lui parfois ?

Ma mère : Oui, souvent. Mmm, as-tu goûté à ton sandwich ? Ce pain-là est vraiment bon !

Moi : Des fois, je me demande où il est. (Non dit, parce que ça lui ferait de la peine : ça me rend triste de penser qu'il n'est qu'un squelette dans une tombe, sous terre.)

Ma mère : Il est... avec nous, je pense.

Soudain, son cou est devenu rouge, comme chaque fois que j'aborde ce sujet, et elle a arrêté de manger son sandwich. Avant que les larmes lui montent aux yeux, j'ai dit :

— Quoi ?!?!?!?!? Tu veux dire que c'est un fantôme ?!!!!!!

Ma mère : Mais non, je parle de son souvenir, qui est en nous.

Moi : On est possédées ?!?!!!!

Ma mère : Aurélie, franchement ! Bon, assez parlé de ça.

Elle a vite ravalé ses larmes. Ce qui est une bonne chose, car quand on se rend jusqu'aux larmes, ça n'arrête plus et ça laisse planer une énoooorme tension dans la maison pour tout le reste de la journée.

15 h 06

Le ménage est terminé, mais j'ai décidé de végéter tout le reste de la journée. Je me suis fait réveiller super-tôt et j'ai été obligée de faire l'esclave, je ne suis plus capable d'en prendre!

22 h 10

Je suis incapable de dormir.

22 h 11

«Son souvenir est en nous»… Ici? en ce moment?

22 h 12

Est-ce que mon père est un esprit et qu'il me hante?

Dieu, si vous existez, gardez mon père avec vous. Il est correct là où il est, je ne veux plus le voir!

22 h 13

Whouaaaaaaaaaaaaaaa! J'ai entendu un craquement! Au secouuuuuuuuuuuurs! Un fantôôôôôôôôôôôôôme!

22 h 15

Par mesure de sécurité seulement, j'ai décidé d'aller rejoindre ma mère dans son lit.

22 h 25

Je suis quand même incapable de dormir, même si le lit de ma mère est hyper confortable. Comment ça se fait que mon lit à moi est dur comme de la roche?

Je décide de le lui demander. Je chuchote, juste au cas où elle dormirait.

Moi : M'man ? Est-ce que tu dors ?

Ma mère : Qu'est-ce qu'il y a, pitoune ?

Moi : Appelle-moi pas « pitoune », c'est péjoratif comme surnom.

Ma mère : Qu'est-ce que tu veux ?

Moi : Comment ça se fait que je n'ai pas un lit aussi confortable que le tien ?

Ma mère : Aurélie, dors, là !

Ma mère réussit toujours à s'en sortir avec des arguments poches.

Au palmarès aujourd'hui :

En troisième position :
Ma mère : Fais le ménage !
Moi : Pourquoi ?
Ma mère : Parce que je te le demande.
Wow. Convaincant.

En deuxième position :
Ma mère : Fais la salle de bain.
Moi : Pourquoi ?
Ma mère : Parce que t'es bonne là-dedans.
Wow. Très valorisant.

En première position :
Moi : Pourquoi je n'ai pas un aussi bon lit que le tien ?
Ma mère : Chut ! Dors, là.
Wow. Instructif.

Je crois que toutes les organisations mondiales qui veulent faire avancer leurs causes devraient faire appel à ma mère, elle semble avoir des arguments de poids.

Évidemment, je suis très sarcastique. J'imagine très mal ma mère arriver devant le président des États-Unis pour le convaincre d'arrêter la guerre avec ses piteux arguments.

Ma mère : Arrête la guerre !

Président : Pourquoi ?

Ma mère : Parce que je te le demande.

Président : Pourquoi c'est moi qui devrais arrêter la guerre ?

Ma mère : Parce que t'es bon là-dedans.

Président : Et si nous perdons notre titre de plus grande puissance du monde ?

Ma mère : Chut ! Dors, là.

Président : Ah ! OK ! Rapatriez les troupes avant ma sieste !

Chose importante à faire : Dire à ma mère de travailler son sens du débat.

Lundi 3 octobre

Je me réveille dans le lit de ma mère et elle me dit : « Bien dormi ? » Je lui ai pourtant dit cent fois de ne pas me demander ça ! Elle est sourde ou quoi ? Je n'aime pas qu'on me demande si j'ai bien dormi, bon ! J'ai fait le calcul : si je vis jusqu'à quatre-vingt-quinze ans et qu'au moins une personne par jour me pose la question, je vais devoir y répondre 34 675 fois. Si deux personnes par jour me la

posent, on grimpe à 69 350 fois ! J'aimerais
conserver mon don de la parole pour des
affaires plus utiles !

7 h 33

Ma mère chantonne. Je ne comprends pas
ce qu'elle a. Hier, elle n'était pas comme ça.
Qu'est-ce qui lui prend ?

7 h 34

Ma mère me donne un bisou sur la joue.
Ark ! dégueu ! Je ne dors plus jamais dans son
lit, peu importe le nombre de fantômes qui
s'amènent dans ma chambre !

8 h 15

Ma mère a proposé de me conduire à
l'école. Avant que je sorte de la voiture, elle me
donne un autre bisou sur la joue. Grrrr. Je
déteste qu'elle fasse ça devant tout le monde,
surtout si, en plus, elle a du rouge à lèvres !

8 h 20

Kat et moi sommes dans les toilettes et Kat
essaie de nettoyer le rouge à lèvres que ma
mère a laissé comme empreinte sur ma joue.
Kat pense que ma mère est amoureuse.

Moi : Je pensais ça, moi aussi, mais, finalement, c'est impossible ! Hier, elle avait encore
les larmes aux yeux à cause de mon père.

Kat : Elle aura peut-être toujours les larmes
aux yeux à cause de ton père.

Moi : Oui, mais elle attendrait de ne plus
avoir les larmes aux yeux à ce sujet avant de
rencontrer quelqu'un, non ?

Kat : Il n'y a pas quelqu'un qui l'intéresse ? De qui elle te parle ?

Moi : Hum… non. Mais…

9 h 15

Kat et moi avons décidé de *foxer* le premier cours. Pour Kat, c'est géo, pour moi, c'est français. Nous sommes chacune d'un côté de la porte de Denis Beaulieu et nous tentons d'écouter sa conversation téléphonique. Il parle de budget de je-ne-sais-pas-trop-quoi. Kat me fait plein de signes de tueurs en série, comme si elle voulait se trancher la gorge. Je lui réponds, aussi par signes, que je ne comprends pas d'où vient sa violence excessive ! Mais aucune de nous ne semble comprendre les signes de l'autre.

9 h 25

La cloche sonne. Nous devons aller à notre deuxième cours.

Moi : Coudonc, Kat, c'était quoi, ton affaire de tranchage de gorge, et tout ça ?

Kat : Tu ne comprends pas les signes de mission ! Se passer le pouce sur la gorge, ça veut dire qu'on aurait dû interrompre la mission. Tu voyais bien que sa conversation n'avait aucun rapport avec ta mère !

Moi : Ah… je pensais que tu voulais lui trancher la gorge. Je te trouvais un peu… intense.

Kat : On a assez manqué de cours pour aujourd'hui.

Moi : On en a manqué juste un, capote pas !

Denis Beaulieu arrive devant nous. Il nous regarde, les mains sur les hanches.

Denis Beaulieu : Les filles ! Vous avez manqué un cours.

À ce moment, j'ai l'impression qu'il est un géant, alors que Kat et moi sommes des lilliputiennes.

Kat : Aurélie avait des… problèmes de… filles.

Je la regarde avec découragement.

Denis Beaulieu : Quel genre de problèmes, Aurélie ?

Moi : Problèmes de…

Kat me fixe et met son pouce sur sa gorge. Je la regarde, l'air de dire : « Franchement, tu abuses de ce signe », mais je ne sais pas si elle a compris ma tentative de télépathie, cette fois-ci.

Moi : Des problèmes, disons, personnels.

Denis Beaulieu : Bon, les filles, vous connaissez le règlement. Vous êtes toutes les deux en retenue après l'école.

Sur le coup, quand il a dit ça, je me suis sentie découragée, mais, par la suite, j'ai réfléchi et j'ai pensé que si j'avais une retenue tous les soirs de l'année, il ne pourrait pas sortir avec ma mère. Alors, j'ai dit :

— Super ! Euh… je veux dire… d'accord, on comprend.

Midi

Kat m'a fait un super-long sermon sur le fait que je devrais laisser plus de liberté à ma mère. Que je n'aimerais pas qu'elle intervienne dans mes amours à moi et bla bla bla bla bla bla bla bla, ça n'en finissait plus ! Qu'est-ce qu'elle peut bien comprendre à ça, elle ? Elle est née avec un kit familial complet : parents (deux), sœur (une) et hamster (un). Bon, j'avoue que le hamster est très optionnel dans un kit de famille parfaite, un chien s'approche davantage de la perfection. Un hamster, c'est comme un sous-animal de compagnie. Genre, tes parents n'ont pas voulu que tu aies un animal-vedette (chien, chat, poney), mais tu les as *gossés* tellement longtemps qu'ils acceptent, par dépit, un animal « rôle de soutien » (poisson, tortue, hamster, cochon d'Inde). Les hamsters et les cochons d'Inde sont les plus cool, vu que tu peux développer, disons, une certaine complicité avec eux.

16 h 10

Denis Beaulieu a annulé la retenue. Il m'a suggéré de régler mes problèmes personnels et il a dit, et je cite : « Tu diras allô à France. » Il n'a pas dit : « Tu diras bonjour. » Il a dit « allô ». Et il a dit « à France », pas « à ta mère ». Sur le coup, j'étais tellement surprise que j'ai demandé :

— À qui ?

Car je n'appelle jamais ma mère France. Alors, ça m'a, disons, surprise.

Et là, Kat a lancé (sur un ton que je qualifierais de baveux) :

— Voulez-vous que je dise « allô » à mes parents aussi, monsieur Beaulieu ?

Et il a répondu :

— Bien sûr !

20 h 55

Kat et moi sommes au téléphone et nous analysons la situation. Conclusion : il se trame quelque chose entre Denis Beaulieu et ma mère.

21 h
Conclusion de la conclusion : je le savais !

Mercredi 5 octobre

Oh ! mon Dieu ! Oh ! mon Dieu ! Oh ! mon Dieu !

J'ai revu Faux-Ryan.

Voilà comment ça s'est passé :

Kat voulait aller danser sur le *Dance Dance Revolution* après l'école. Mais comme on s'est fait mettre à la porte de l'arcade la fin de semaine dernière, elle a pensé qu'il valait mieux qu'on trouve une nouvelle arcade. Alors, on est allées à la nouvelle arcade et, pendant que Kat dansait sur la plateforme, Faux-Ryan est arrivé à côté de moi.

Au début, je ne l'ai pas vu.

Mais là, il m'a donné un coup sur l'épaule, ben pas vraiment sur l'épaule, mais comme un petit peu plus bas (donc le bras ?, réviser mes notes de bio) et il l'a fait avec les revers de son index et de son majeur (impression non confirmée, peut-être seulement dans mon imagination).

En passant, Ryan sent le bon assouplissant. Je ne sais pas lequel parce que, franchement, je ne suis pas une experte en lavage. Par contre, je sais qu'il ne sent pas le parfum, mais qu'il sent top bon. Et quand il parle, j'ai remarqué qu'il a une odeur de gomme, je dirais, au melon.

Donc, j'étais là, à regarder Kat, quand Faux-Ryan m'a pointé une madame un peu plus loin et qu'il m'a dit :

— Hé ! R'garde, on dirait qu'elle est arrivée direct des années quatre-vingts.

Et là, en voyant la madame avec un coton ouaté, un jeans super-serré et un toupet crêpé, j'ai répondu et je cite :

— Ah oui, c'est hyper-démodé, le croupette toupé, poucrette coûté, touquette proûté… Ah ! oublie ça. Bye.

Et je suis partie sans regarder Faux-Ryan, sans dire à Kat que je partais.

20 h 30 (alors que je pense à ma phrase super-débile-nounoune-tous-les-qualificatifs-poches-du-monde)

Kat me téléphone.

Kat : Coudonc, pourquoi t'es partie ?

Moi : Je m'excuse, mais c'est parce que j'ai fait une super-gaffe et je voulais aller me cacher pour le reste de ma vie et tu n'avais pas fini ton jeu et là il fallait absolument que je parte avant de perdre complètement la face devant…

Kat : Mais non, ce n'est pas grave ! Le fait que tu sois partie et que je te cherche m'a porté chance !

Moi : T'as gagné au *Dance Dance Revolution* ?

Kat : Ben oui, mais…

Moi : Mais quoi ?

Kat : Mais ce n'est pas ça ma chance.

Moi : Ah, ben là, dis-le tout de suite, si tu veux toujours y aller toute seule, à l'arcade !

Kat : Mais non ! Au début, j'étais super-fâchée que tu sois partie, mais, après, j'étais moins fâchée.

Moi : Pourquoi ?

Kat : Parce qu'en te cherchant, j'ai rencontré un gars.

Quand Kat m'a dit ça, j'ai senti mon cœur sortir de ma poitrine, se propulser sur un mur de ma chambre, rebondir sur un autre mur et sortir par la fenêtre, tomber dans la rue, puis ensuite être écrasé par un dix roues. J'ai tout de suite pensé qu'elle avait rencontré Faux-Ryan et qu'elle l'avait ébloui par sa performance de danse et non par une phrase remplie de lapsus débiles !

Moi : Ah oui ? c'est qui ?

Kat : Jean-David Truchon.

Moi : Truchon ?

Kat : Truch, pour les intimes.

Moi : Êtes-vous rendus « intimes » ?

Kat : Ben… non. Pas encore. (Elle a vraiment dit « pas encore » !!!)

Moi : Euh… il est comment… physiquement ?

Kat : Il est super-beau ! Un beau genre, style cheveux bruns, yeux bruns, beau t-shirt rouge…

Moi : Ah. OK. Il ne ressemble pas du tout à Ryan Sheckler ?

Kat : Non ! Vraiment pas !

Moi : Ce n'est pas le gars du tampon-flûte ?

Kat : Ben, voyons donc ! Je n'aurais jamais été intéressée par le gars qui t'intéresse ! Tu me prends pour qui ? Une espèce de *bitch* ?

Moi : Hé ! il ne m'intéresse pas pantoute, le gars du tampon-flûte. Pis il s'appelle « Faux-Ryan », en passant !

Kat : Comment ça, « Faux-Ryan » ?

Moi : Ben, le gars du tampon-flûte, il ressemblait à Ryan Sheckler, non ?

Kat : Hein ? Rapport ?!?

Moi : Tu ne connais rien à Ryan Sheckler !

Kat : Ben, j'en connais assez pour dire que le gars du tampon-flûte ressemble à Ryan Sheckler autant que Denis Beaulieu ressemble à Johnny Depp !

Moi : Parle pas de lui ! En tout cas, peu importe, on ne l'appelle plus « le gars du tampon-flûte », c'est Faux-Ryan !

Kat : Ben, Truch, ce n'est pas Faux-Ryan !

Moi : OK, OK.

Le dix roues a reculé (mip mip mip mip mip), mon cœur est remonté par la fenêtre de ma chambre, et il a ainsi refait toute sa trajectoire de rebonds sur les murs pour revenir bien à sa place, dans ma poitrine.

20 h 55

J'ai terminé la conversation en disant à Kat que je trouvais que Truch était un surnom vraiment poche qui résonnait à mes oreilles comme s'il était un profond débile, et Kat a dit qu'elle était bien d'accord, mais que quand je verrais le gars – qui, semble-t-il, ne ressemble en RIEN à David Desrosiers –, je trouverais un certain charme au surnom (pas à cause du surnom comme tel, mais à cause du gars).

22 h

Croupette toupé ! Franchement !

22 h 03

Pouquette croûté ! Aaaaaaah ! je suis donc bien niaiseuse !

83

22 h 05

Touquette proûté???

22 h 07

HA! HA! HA! HA! HA! HA! HA! HA! HA! HA! HA! HA! HA! HA! HA!

22 h 10

Je me demande sérieusement pourquoi j'ai eu l'impression que mon cœur se faisait écraser par un dix roues quand Kat m'a dit qu'elle avait rencontré un gars et que j'ai pensé que c'était Faux-Ryan.

22 h 15

Naaaaa! Les gars m'énervent. Ça ne changera pas. C'est seulement parce que j'ai perdu toute dignité humaine devant lui, c'est clair! Et que si Kat sortait avec lui, je serais pognée pour revoir très souvent quelqu'un devant qui j'ai perdu ma dignité. C'est tout.

22 h 25

Croupette toupé! HA! HA! HA! HA! HA! HA! HA! HA! HA! HA! Je n'en reviens pas!

22 h 30

Ma mère (de sa chambre): Aurélie! Es-tu encore en train de lire des *Archie*? Tu as de l'école demain!

Moi (en silence): Mui mui mui mui mui.

23 h

TOUPETTE CRÊPÉ! C'EST FACILE, ME SEMBLE!!!!!!!!!!!!!!!!!!!!!!!

84

Jeudi 6 octobre

Kat pense que, si on vivait dans un film, je ne voudrais pas empêcher ma mère de rencontrer un homme. Elle dit qu'au contraire je ferais tout pour l'encourager. Elle m'a donné un seul titre de film à l'appui, *The Perfect Man*, avec Hilary Duff.

Je lui ai répondu que, si on vivait dans un film, je serais constamment bien maquillée, que je ne porterais que du beau linge et que mon père serait VRAIMENT un extraterrestre et qu'il viendrait me chercher. Et là, je n'avais pas d'autres exemples cinématographiques que *E.T.* à lui donner, alors elle m'a dit que si je voulais ressembler à une crotte, c'était MON problème. Ce que j'ai trouvé assez inapproprié !

20 h 30

J'ai rappelé Kat pour lui parler de la pauvreté de notre culture cinématographique. Elle était d'accord avec moi. On va se louer plein de vieux films pour remédier à la situation.

Vendredi 7 octobre

Merde de merde de merde de merde ! (Aucun rapport avec *E.T.*)

J'ai été pognée dans une espèce d'affaire pas possible que j'aurais vraiment aimé éviter.

J'étais chez Kat et, après le souper, on voulait aller dans sa chambre pour parler de secrets (genre Truch, le nouveau sujet préféré de Kat). Mais là, les parents de Kat, qui prenaient un café à la table et qui discutaient, nous ont un peu, disons, gâché notre moment. Son père a demandé :

— Kat, peux-tu jouer avec ta sœur ?

Et, là, Kat a répondu :

— Ben papa, on voulait être seules.

Et, là, son père a dit (et c'est là que j'ai été pognée dans l'espèce d'affaire pas possible) :

— Toi, Aurélie, est-ce que ça te dérange de jouer avec Julyanne ?

Gulp. On aurait dit que j'étais dans *La matrice* et que le temps venait de s'arrêter. Kat me regardait de côté. Les parents de Kat me regardaient de face, avec leur café fumant entre les mains. Julyanne a dix ans. Elle est correcte, mais elle est en cinquième année, et la différence avec nous est flagrante. Si elle était en, mettons, première secondaire, on pourrait peut-être déjà connecter un peu plus avec elle. Mais elle est jeune. Et on ne peut pas vraiment se dire nos secrets devant elle, car elle n'est pas digne de confiance. La dernière fois que Kat lui a révélé un secret, c'était la fois où on avait été à un party chez Louis-Martin Lefebvre, en première secondaire, et qu'on avait joué à « vérité-conséquence ». Julyanne était allée tout répéter ! Résultat : Kat n'avait plus eu le droit d'aller dans un party pour le reste de l'année, ce que j'avais trouvé un peu excessif de la part de ses parents, mais qui m'avait fait comprendre le caractère flamboyant de mon amie. Bref, les projecteurs invisibles qui sortaient des yeux de toute la famille Demers étaient braqués sur moi. Kat est ma seule vraie amie. Si je faisais un faux pas devant ses parents, vu leur caractère excessif, ils pourraient m'empêcher de voir Kat, pensant que je ne suis pas un bon exemple pour leur famille. Comme ces dernières semaines j'ai eu un aperçu de ce que serait ma vie sans Kat, j'ai répondu ce que tout le monde aurait répondu à ma place :

— Ça ne me dérange pas du tout, j'adooooore Julyanne ! (J'avoue que j'ai peut-être un peu exagéré le « j'adore ».)

19 h 34

Depuis une demi-heure, Kat s'engueule avec sa sœur et je me sens de trop. Pendant ce temps-là, je joue avec Caprice, leur hamster couleur caramel, rôle de soutien catégorie « animal de compagnie » dans leur famille.

Kat : Tu n'es pas capable de te trouver des amis, il faut que tu viennes me parasiter ?

Moi : Ce n'est pas si grave, Kat, on peut…

Julyanne : Tes amis se tiennent avec toi juste parce qu'ils ne sont pas capables de se trouver d'autres amis ! (Euh… elle parle de moi, là ?)

Moi : Bon, ben, je vais vous laisser, les filles…

Kat : Tu vois ce que t'as fait, là ?

Père de Kat (qui ouvre la porte du sous-sol) : Vous n'êtes pas en train de vous chicaner, là ?

Kat : Non, on s'aime !

Julyanne : On joue !

20 h 30

Quand je suis partie, Kat et Julyanne étaient en train de s'arracher les cheveux, et le père de Kat (responsable de cette soirée ratée) m'a dit qu'il trouvait que notre jeu avait l'air palpitant (il a vraiment dit «palpitant»). J'ai souri, mais j'aurais voulu lui répondre: «T'as gâché mon vendredi soir avec ma meilleure amie et j'ai été pognée pour jouer avec un hamster toute la soirée!!!!!!!!!!!!!!!!!!!!!!! »

20 h 45

Ce n'est pas que je n'aime pas les hamsters. C'est juste que le nombre d'activités que je peux faire avec eux est assez limité.

21 h

J'ai pris un papier et, sur le dos d'un *Archie*, j'ai pensé faire une liste des avantages et inconvénients entre avoir un père sur Terre et avoir un père sur une autre planète (ou toute autre explication plausible).

Avantages d'avoir un père habitant sur une autre planète:

• Il ne vous oblige pas à jouer avec des sœurs (si vous en avez une).

• Il ne vous brime pas dans votre liberté de passer une soirée avec une amie.

• Il n'est pas au courant de choses très gênantes (des affaires de filles, surtout).

• Il ne peut jamais vous chicaner.

• Votre mère ne peut jamais dire: «Si tu continues, je vais être obligée d'en parler à ton père.»

Avantages d'avoir un père habitant sur la même planète:
- Avoir un père.
-
-

21 h 12

Je me rends jusque dans la chambre de ma mère, j'entrouvre la porte et je la vois dans son lit en train de regarder un film top *vintage* à la télé, *Grease 2*. Ses cheveux sont attachés et elle a ses lunettes. Il y a plein de magazines autour d'elle et elle se lime les ongles (franchement dégueu de faire ça dans son lit). Quand elle m'aperçoit, elle dit:

— Qu'est-ce qu'il y a, ma belle?

Moi: Rien.

Ma mère: Veux-tu encore dormir ici?

Moi: Non.

Elle a ouvert ses bras et m'a fait signe de venir en repliant et en dépliant ses doigts, et je suis allée la rejoindre sur son lit. Elle m'a confié que, plus jeune, *Grease 2* était son film préféré. Au début, je l'ai trouvée quétaine, mais le film était finalement pas pire.

Samedi 8 octobre

Nuit d'horreur! Insomnie due à ma nouvelle peur des fantômes. J'ai réussi à m'endormir vers 3 h du matin (selon moi, mais ce ne serait vérifiable que si j'étais filmée, disons, comme dans une télé-réalité, et ce n'est pas le cas). Et Kat m'a réveillée super-tôt. Elle m'a appelée pour me faire part de son plan d'aller toute seule à l'arcade pour revoir Truch. Qu'elle aille à l'arcade toute seule, tant qu'elle me laisse dormir !

8 h 54

Kat m'a rappelée pour me dire que son plan d'aller à l'arcade toute seule n'était pas un bon plan, finalement. Il faut qu'elle y aille toute seule (pour que Truch ait le temps de la repérer) et qu'ensuite j'arrive (pour qu'elle n'ait pas l'air d'une totale « rejet », vu que la dernière fois qu'elle l'a vu, elle était toute seule) et lui demande si elle veut venir magasiner (pour qu'elle ait l'air d'une fille *hot*) et qu'elle me réponde non (pour ne pas avoir l'air d'une fille superficielle). Et moi, là-dedans ? Selon elle, ce n'est pas si important parce que c'est surtout à elle de se faire valoir, et que si j'ai éventuellement besoin d'elle pour la même chose, elle le fera sans chialer. (Le fait qu'elle dise qu'elle le fera « sans chialer » est visiblement une forme de manipulation de ma personne, je m'en suis rendu compte même avec le peu d'heures de sommeil que j'ai dans le corps.)

On a passé une heure au téléphone pour élaborer le plan. Kat est vraiment excitée, je ne l'ai jamais vue comme ça, même pas quand on est allées au spectacle de Simple Plan ! (Bon, au spectacle de Simple Plan, on criait comme des folles, alors, disons, les cris en moins.)

9 h 30

Peut-être que je vais voir Faux-Ryan?

9 h 31

Si c'est le cas, il faut que je retrouve ma dignité.

9 h 45

Si je vois une fille qui a le toupet crêpé, il faut que je dise: «Hé, regarde la fille avec le toupet crêpé!» Et il va trouver que je dis cette phrase de façon très améliorée.

10 h

Il ne faut pas que je parle de toupet crêpé, c'est vraiment con! Je vais avoir l'air d'avoir pensé à ça, alors qu'il faudrait que j'aie l'air désinvolte, comme si c'était une nouvelle expression super-moderne de dire: «Ouh là là, cette fille a le croupette toupé!»

10 h 13

Il est absolument impossible que quelqu'un ayant un tant soit peu de jugeote croie que «croupette toupé» est une nouvelle expression moderne. Il faut absolument que je trouve une façon de parler à Faux-Ryan pour qu'il voie que je suis normale. Et cool.

10 h 15

Je me regarde dans le miroir et j'essaie de voir à quoi je ressemble quand je dis «salut», «allô», «yo» et «bonjour». Je trouve que ma face est plus jolie quand je dis «bonjour», mais personne, sauf, genre, quelqu'un qui voudrait avoir l'air snob, ne dit « bonjour ». Et si je dis « yo », j'ai l'air *wanna be*. Et cette expression ne convient pas à mon visage. J'ai la bouche qui forme un genre de « o » ridicule, je n'assume pas vraiment l'expression et je n'arrive pas à avoir l'attitude qui va avec « yo ». Il y a aussi toutes sortes d'intonations pour « allô » et pour « salut ». Hier, j'ai bien aimé la façon qu'avait Michelle Pfeiffer de dire « salut » dans *Grease 2*, c'était *sexy*. Elle (ben, sa voix de doublage) le dit de façon grave et ça fait *sexy*. J'essaie ça : « Salut », « Salut, Johnny ». Le « Johnny » ne fonctionne vraiment pas ! Surtout que je ne connais pas de Johnny. À part Johnny Depp. Si un jour je le croise, c'est sûr que je dis : « Salut, Johnny ! », façon doublage de Michelle Pfeiffer. Je ne veux pas demander conseil à Kat là-dessus, car elle penserait que je tripe sur Faux-Ryan et ce n'est pas vrai, c'est juste que j'aimerais seulement ne plus perdre la face devant lui. Pas que ça me dérange tant que ça qu'il pense que je suis la plus conne de la Terre, mais j'ai ma dignité à conserver et ce serait pareil avec tout le monde, même avec quelqu'un de super-laid. Pas que Faux-Ryan soit super-beau, mais il est quand même pas pire, disons, le moins pire de tous les gars que je connais. Ben, je ne le connais pas *vraiment* en fait, je ne sais même pas son nom, mais si un jour je le rencontre *pour de vrai*, il sera le moins pire des gars que je connais, pour ce qui est de la beauté physique.

11 h 30

« Allô » est le meilleur choix. Surtout si j'ajoute un air de surprise appuyé par une

92

élévation des sourcils. En fait, je commence par froncer les sourcils du genre : « Hum, me semble que je l'ai déjà vu quelque part, lui. » Ensuite, je les soulève pour la surprise et je dis finalement un « allô » pas trop surpris et juste assez détaché.

13 h 45

Heure de mon rendez-vous à l'arcade avec Kat. Je dois entrer, la chercher comme si elle était la huitième merveille du monde et que j'avais absolument besoin d'elle pour vivre, lui demander de venir magasiner avec moi pour qu'elle me donne des conseils mode-beauté (pour faire penser qu'elle s'y connaît vraiment en la matière – Kat souhaite même que Truch dise quelque chose comme : « Toutes tes amies doivent t'en demander », ce qui voudrait dire, genre : « T'es belle. »).

J'entre dans l'arcade et je me sens totalement envahie par mon rôle. Je feins l'essoufflement, comme si j'avais cherché Kat dans toute la ville. Je l'aperçois, elle parle avec un gars.

Moi : Aaaaah ! Kat (souffle, souffle) ! Je t'ai cherchée partouuuuuut (souffle, souffle) ! Il faut vraiment que tu viennes avec moi magasiner !

Kat : OK.

14 h

Le gars avec qui Kat parlait n'était pas Truch. Truch était en train de jouer à *Star Wars* et il ne s'occupait pas vraiment de Kat. Il faut donc changer de plan.

14 h 15

Le jeu de Truch se trouve contre un mur, alors on ne peut pas aller vraiment près du jeu, car ça ferait *loser*. J'ai dit à Kat qu'elle devrait aller lui dire «salut» et elle m'a répondu que ç'avait l'air arrangé, de dire «salut», ce qui m'a vraiment confirmé que j'avais fait le bon choix avec «allô», si jamais je croise Faux-Ryan.

15 h

On n'a pas eu le temps de trouver un plan. Truch est venu directement voir Kat et elle parle avec lui depuis ce temps-là. Elle me fait des signes qui veulent dire que je devrais peut-être revenir au plan A, c'est-à-dire l'inviter à magasiner pour faire voir qu'elle est une fille populaire et indépendante. Je me dis que si je mets le plan à exécution, je serai débarrassée et que je pourrai enfin m'en aller. Si j'ai attendu un peu, malgré les regards pas du tout subtils de Kat (qui ont dû faire penser à Truch qu'elle avait des tics nerveux), c'est que j'ai pensé que si Faux-Ryan arrivait, je pourrais mettre mon propre plan à exécution. Mais ça fait déjà un bout que je suis ici et il n'est toujours pas là, alors probablement qu'il ne viendra pas. Donc, je m'approche de Kat et de Truch.

Moi: Hé, Kat, c'est poche ici, est-ce qu'on va magasiner?

Kat (avec une voix bizarre): Bof, magasiner, c'est vraiiiiiment superficiel!

Truch: Ben non, vas-y! On se reverra demain si jamais tu reviens ici.

Kat était absolument hors d'elle! Elle croyait que j'avais tout fait rater! Elle m'a dit que j'avais l'air de trop m'emmerder et que Truch – étant un gars vraiment extraordinaire – n'avait pas voulu nous séparer. Pendant qu'elle m'accusait à tort et à travers d'avoir fait rater son plan, j'ai vu Faux-Ryan. Quand il est entré, même s'il était à contre-jour, je savais que c'était lui. Il avait un skate sous le bras et ses cheveux sortaient de sa casquette. C'était comme si j'allais m'effondrer. J'avais l'impression qu'il entrait au ralenti (ce qui est vraiment bizarre, car techniquement impossible). Il s'est approché un peu, mais il ne m'a pas vraiment vue. J'ai voulu lui dire « allô », mais de la salive est arrivée subitement dans ma gorge et quand j'ai tenté de dire « allô », c'est « a-ô » qui est sorti, avec la voix de Marge Simpson, suivi de toussotements d'étouffement.

Kat: Ça va, Au?

Moi: Tousse, tousse, tousse (pendant dix minutes, yeux exorbités et face mauve en prime).

Faux-Ryan m'a regardée et il m'a souri, puis il m'a fait un signe de la main. En fait, c'est Kat qui dit ça. Moi, je n'ai pas osé le regarder. D'ailleurs, quand je l'ai vu entrer sans vraiment apercevoir les détails de son visage à cause du contre-jour, c'était la dernière fois que je le voyais. Il y a des limites à toutes les folies qu'on peut faire devant quelqu'un et, moi, j'ai décidé que m'étouffer de façon tout à fait disgracieuse était la dernière que je faisais devant Faux-Ryan! J'ai dit à Kat qu'elle ne pourrait plus compter sur moi pour ses plans visant à se faire un *chum* parce que je ne remettrais plus jamais les pieds dans cette arcade, ni dans aucune autre arcade, ni dans un *skatepark,* ni dans n'importe quel endroit, à part ma chambre et l'école, juste parce que j'y suis obligée. D'ailleurs, si je le pouvais, je m'expédierais directement à Tombouctou !

Note à moi-même : Vérifier sur Google Earth où est Tombouctou (et si c'est la bonne orthographe).

19 h 30

Kat me téléphone depuis une demi-heure et s'étouffe (question de m'imiter). Ensuite, elle éclate de rire et je raccroche. La dernière fois qu'elle l'a fait, je lui ai dit que si elle n'arrêtait pas, j'allais dire à Truch qu'elle tripait sur lui. Elle m'a répondu : « Comment tu vas faire si tu ne sors pas de ta chambre ? »

Ha. Ha. Très drôle.

20 h

Récapitulation de ma vie : Je suis née. Quatorze ans plus tard, j'ai perdu le don de la parole. C'est à peu près ça.

Ou (explication plus ou moins plausible, mais plus près de ma réalité) : je suis en train de reprendre ma véritable forme extraterrestre.

Lundi 10 octobre

Si je suis une extraterrestre, ma planète vient de pousser sur mon menton. J'ai un bouton grosseur Saturne (les anneaux en moins, heureusement : ouach !) !

Je vais voir ma mère pour lui demander si elle a un produit quelconque que je pourrais appliquer pour camoufler mon bouton. Elle me dit : « Ne mets rien là-dessus, ça va empirer. »

Ma mère ne connaît franchement rien à la vie d'une fille de quatorze ans ! Ce qui va empirer, c'est que si je me pointe à l'école avec mon bouton, tout le monde va le regarder, et Kat, bien qu'elle soit ma meilleure amie, va me dire : « T'aurais dû mettre quelque chose dessus pour le cacher. » Ce qui est logique. Tu as un bouton, tu mets quelque chose pour le cacher, c'est simple.

J'ai donc fait une crise à ma mère (peut-être un peu trop exagérée), et elle m'a finalement donné du fond de teint. Malheureusement, après dix minutes, le fond de teint a séché, et j'avais le gros bouton rouge et juste un petit point de fond de teint séché par-dessus. Très laid.

8 h 25

Aussitôt que j'ai vu Kat, elle a dit : « T'aurais dû mettre quelque chose dessus pour le cacher. » *Oh boy !*

10 h 25

Cours de maths.

J'ai beaucoup de difficulté à suivre ce que dit Jocelyne, la prof de maths. Kat n'arrête pas de m'envoyer des petits mots où elle me parle de Truch. À un moment donné, Jocelyne nous voit et intercepte le message. Je me dis que ce n'est pas si grave, vu que Kat ne fait que parler de Truch. Jocelyne lit le message devant toute la classe :

— Alors, Kat a écrit : «*Aurélie, je capote sur Truch* (jusque-là, ça va), *il faut absolument que tu m'aides à le revoir ! Viens avec moi à l'arcade* (là aussi, c'est acceptable). *T'sais, tu pourrais en profiter pour revoir ton sosie de Ryan Sheckler* (c'est là que ça se corse), *tu as beau me dire n'importe quoi, je sais que tu tripes sur lui ! Et ce n'est pas si grave pour ton bouton, ça ne se voit presque pas. C'est quand même moins pire que de s'étouffer en disant «allô» ou que d'avoir une amie qui fait passer un tampon pour une flûte.*»

Sentant un certain malaise, je réplique :

— Hi ! hi ! C'est un langage codé. (Carrément «hihi-c'est-un-langage-codé»)

J'ai l'impression que ma face a fondu et qu'elle est tombée en petites gouttes sur mon bureau (je le sais, c'est dégueu, genre Hannibal Lecter).

16 h

Kat et moi sommes allées dans le bureau de Denis Beaulieu. Il n'a rien dit pendant deux minutes et nous a regardées d'un air découragé. Il nous a fait comprendre qu'on n'avait pas le droit de s'envoyer des messages pendant le cours de maths. Si jamais on s'en envoie un seul autre, Jocelyne nous enlèvera automatiquement cinq points à notre prochain examen. Personnellement, je trouve que cette punition est très peu mathématique et dépourvue de logique. Si Kat et moi nous envoyons silencieusement des messages et que, malgré tout, nous réussissons notre examen, ça veut dire que notre cerveau est capable de *multi-tasker*, ce qui fait de nous des filles assez douées, et ce génie en puissance devrait être exploité par les adultes qui nous entourent. Un examen est censé refléter notre performance intellectuelle et non notre capacité à ne pas s'écrire de mots en classe. En passant, la communication, c'est important dans notre société et très peu exploité dans les cours offerts par le ministère de l'Éducation. Bon, ceci est très personnel et éditorial, et quand j'ai tenté d'en parler à Denis Beaulieu, il m'a regardée comme si j'étais transparente (j'imagine que si on regarde quelqu'un qui est transparent, on est un peu surpris et c'est l'air qu'il avait) et il n'a pas jugé bon de commenter ce que je venais de dire.

16 h 10

Denis Beaulieu : Aurélie Laflamme, je trouve que tu viens un peu trop souvent dans mon bureau.

Moi (qui n'apprécie guère qu'on dise mon nom au complet, ça fait vraiment trop sévère) : Ce n'est pas vraiment de ma faute (et ce n'est pas ce dont j'ai envie, pas plus que tu fasses chantonner ma mère).

Kat : C'est vraiment de ma faute cette fois-ci, j'ai envoyé ce message (là, j'ai regardé Kat

pour qu'elle lise « codé » sur mes lèvres) euh…
codé à Aurélie. (Vive mes dons de télépathie,
maintenant confirmés!)

Denis: Bon, les filles, je comprends ce que
c'est qu'être jeune. Ce que vous avez écrit ne
m'intéresse pas (fiou). La seule chose que
j'aimerais, c'est que vous vous concentriez un
peu plus sur vos études. Vous êtes deux filles
intelligentes et il me semble que, depuis l'an
passé, vous avez pris un mauvais pli. Est-ce
qu'il y a quelque chose qui ne fait pas votre
affaire ces temps-ci? Est-ce qu'il y a quelque
chose dont vous aimeriez me parler? Quelque
chose qui, selon vous, pourrait améliorer
l'école, vous redonner le goût d'étudier?

Kat et moi nous sommes regardées sans
rien dire. Nous ne savions vraiment pas où il
voulait en venir.

Kat: Ben… peut-être s'il y avait des gars…

J'ai regardé Kat et je n'en revenais pas
qu'elle dise ça! S'il y avait des gars à l'école, je
ne me serais jamais présentée avec un immense
bouton sur le menton, à peu près symétrique
avec mon nez et visible de profil. Franchement,
quelle suggestion nulle!

Denis: On ne vient pas à l'école pour
draguer, on vient pour étudier.

Moi: Ah! ben, là, je suis d'accord avec
vous, monsieur Beaulieu! Ça, c'est le genre de
commentaire qui va faire de vous un grand
directeur. Ça s'applique aux élèves et aussi aux
membres du personnel de l'école et aux parents
d'élèves.

Denis Beaulieu m'a lancé un regard inter-
loqué.

Évidemment, ce que j'aurais vraiment aimé dire, c'est : « Il n'y a rien que je changerais à mon école, que je trouve parfaite. » J'aurais aimé que mon bouton soit pourvu de la fonction *mute*.

18 h 25

Ma mère est rentrée du travail un peu plus tard que d'habitude. Elle avait une présentation à faire à son bureau. Elle a apporté les cartons dont elle s'était servis et m'a décrit toute sa présentation. Je n'ai absolument rien compris. Ça parlait de marketing, et les graphiques sur ses cartons auraient pu être dessinés par des élèves de maternelle.

Ma mère est vraiment belle. Elle a des cheveux blonds frisés et elle s'en attache toujours une partie sur la tête et, quand elle revient de son travail, elle est en tailleur. Ce soir, elle porte un pantalon beige et un chandail de laine blanc à col roulé. Tout est petit chez elle : elle a un petit nez, des petits yeux, une petite bouche, sauf ses jambes. Elle a de grandes jambes. C'est d'ailleurs notre seul lien, disons, familial. Plus jeune, j'ai déjà cru qu'elle m'avait adoptée parce que je lui ressemble zéro. J'ai les cheveux raides et châtains et il faudrait me payer cher pour que je m'habille en tailleur ! Il est également possible – mais ça m'étonnerait beaucoup – que ma mère ait les cheveux teints et permanentés.

Pendant qu'elle me fait sa présentation (qui m'intéresse semi après une journée où je n'ai fait qu'entendre parler prof après prof), je la regarde et je l'imagine sortant avec Denis

Beaulieu. Franchement, je suis capable de comprendre ce que Denis Beaulieu trouve à ma mère, parce que c'est la plus belle mère de la planète ! Mais je suis incapable de comprendre ce qu'elle peut trouver à Denis Beaulieu. Il sent la lotion après-rasage ! C'est dégueu ! L'après-rasage est un produit qui a sans doute été mis sur le marché avant d'être au point. Parce que, franchement, je ne vois pas du tout pourquoi les hommes s'en mettent. Ça pue ! Ça sent tellement fort que ça doit être davantage pour camoufler leur odeur de mauvaise haleine matinale que pour se mettre du parfum sur les joues. Étant donné qu'il n'y a pas de dentifrice assez fort pour les hommes, ils ont inventé l'après-rasage, comme ça, ils s'en mettent sur les joues et ça sent tellement qu'on en oublie toutes leurs autres odeurs corporelles. Mon père, lui, n'en utilisait pas. Et il sentait toujours bon.

Mais bon, rien ne me prouve qu'il y a quelque chose entre ma mère et Denis Beaulieu, et ça ne me sert à rien de divaguer, mais si jamais elle sort avec lui, je vais l'avertir que je ne m'approcherai jamais de lui à moins de un mètre, ce qui est à peu près la distance qu'il y a entre nous quand je suis dans son bureau pour cause de gaffe scolaire.

19 h 35
Ma mère (qui range ses cartons) : Pis, comment tu trouves ça ?

Moi : Ça pue !

Ma mère : Ah oui ? Tant que ça ?

Moi : Ah, tu parles de tes cartons, désolée, je pensais à de l'après-rasage. Tu es dynamique, mais pas très douée en dessin.

Ma mère : Mon boss a adoré, en tout cas !

Moi : Cool.

Ma mère (en jetant un coup d'œil vers la cuisine) : Aurélie, j'aimerais ça que tu fasses ta vaisselle quand tu as fini de manger. Ce n'est pas difficile, tu n'as qu'à rincer ton assiette et à la mettre dans le lave-vaisselle.

Moi : C'est quoi, le rapport avec ta présentation ?

Ma mère : Veux-tu que je te fasse des cartons pour te promouvoir les vertus d'une vaisselle propre ?

Moi : Non, ça va être correct.

Ma mère : Bon, ben, ramasse ta vaisselle.

Ma mère a vraiment le don de devenir rapidement hors sujet. Ça pourrait peut-être être un *turn-off* pour un éventuel *chum*, ce qui ferait tout à fait mon affaire !

Pendant que je fais la vaisselle et qu'elle ramasse ses cartons, j'amène la conversation sur Denis Beaulieu.

Moi : J'ai encore été en pseudo-retenue aujourd'hui.

Ma mère : Comment ça, pseudo ?

Moi : Ben, Jocelyne m'a encore envoyée au bureau de Denis Beaulieu. (J'ai vraiment insisté sur son nom en la regardant pour voir si elle aurait une réaction spéciale et je n'ai rien perçu, ou alors je suis mauvaise en lecture de pensées, ce qui enlèverait de la crédibilité à mes dons de télépathie.)

Ma mère : Qu'est-ce que tu as fait ?

Moi : Kat m'a envoyé un mot en classe.

Ma mère : Ah, et ça parlait de quoi ?

Moi : Bof, rien de spécial, c'étaient des niaiseries.

Ma mère : Hum, hum.

Moi : Je te le jure, c'étaient des niaiseries !

Ma mère : Je te crois.

Moi : Et là, monsieur Beaulieu ne nous a pas vraiment donné de retenue, mais il nous a demandé des conseils pour améliorer l'école.

Ma mère : Oh ! il est vraiment *sweet* !

Plus tard, au téléphone avec Kat.

Moi : Et là, ma mère a dit : « Il est vraiment *sweet* ! »

Kat : Pour de vrai ? Elle est vraiment accro !

Moi : Comment on pourrait faire pour avoir plus de détails sur la vie de Denis Beaulieu ? Imagine qu'il soit marié ! Ma mère serait pognée avec un cave qui trompe sa femme !

Kat : Imagine qu'il soit un agent double allemand !

Moi : Rapport ?!?

Kat : Je dis ça de même ! De toute manière, je m'en fous, des amours de ta mère. Moi, je m'ennuie de Truch.

Moi : Tu ne le connais même pas !

Kat : J'ai accumulé assez d'informations sur lui pour savoir que c'est le plus *sweet* du monde !

Moi : C'est toi qui parles comme ma mère ou ma mère qui parle comme toi ?

Kat : C'est le langage de l'amouuuuuuuur !

Moi : Oh ! t'es nouille !

Kat : Tu vas comprendre quand tu vas être capable d'aligner deux phrases avec Ryan.

Moi : *Faux*-Ryan ! Et il n'a pas rapport dans le sujet.

Kat : Il a rapport parce que tu tripes sur lui.

Moi : C'est ce que tu penses et que toute la classe de maths croit maintenant par ta faute, mais c'est faux.

Kat : Je te connais, Aurélie Laflamme !

Moi : Arrête de dire mon nom au complet, ça m'énerve !

Kat : C'est la première fois que je le dis !

Moi : Ben, ne le refais plus !

Kat : Ouain, t'es à pic quand tu parles de Faux-Ryan !

Moi : Je m'en fous, de lui. Mais si ma mère sort avec monsieur après-rasage, là, ma vie va être un enfer.

Kat : Monsieur après-rasage ?

Moi : Tu ne trouves pas que Denis Beaulieu sent l'après-rasage ?

Kat : Je n'ai pas remarqué.

Moi : Tu n'as pas le sens de l'observation olfactive.

Kat : Moi, je trouve qu'il est cool, monsieur Beaulieu. Il me semble que, avec ta mère, ils feraient un beau couple.

Noooooooooooooooooooooooooooooon ! Si je n'ai même pas ma meilleure amie de mon bord, qui le sera ?

Mardi 11 octobre

Mon bouton a pris une ampleur phéno-ménale! Je ne serais même pas surprise d'y découvrir une mini société. Je me demande comment Justine Simard fait pour ne jamais avoir de bouton.

Je décide de péter mon bouton. Pendant que je suis dans la salle de bain et que je fais ça bien tranquillement, ma mère entre et crie:

— Qu'est-ce que tu fais làààààààààààà? (En exagérant bien le «là».)

Moi: Je pète mon bouton, c't'affaire! (Je commence à croire Kat: tous les adultes sont myopes.)

Ma mère: Il ne faut pas que tu joues après, sinon tu vas en avoir plein d'autres!

C'est quoi, cette affaire-là? Si j'ai un bouton, c'est sur MON corps, et si JE décide de le péter, ce sont MES affaires. J'ai attendu qu'elle sorte de la salle de bain et je l'ai pété.

11 h 01

Je commence à comprendre ma mère quand elle dit qu'il vaut mieux ne pas péter ses boutons. Même après quelques heures, il y a encore du liquide qui sort du trou où était le bouton. (Beuuuuuuuuuuurk!)

Midi

Kat me trouve absolument dégueulasse et ne veut pas manger avec moi, à moins que je ne me mette un foulard autour du visage, ce qui rend l'absorption de sandwiches quasi impossible.

21 h

Je me couche en me disant que ce qui est cool avec la journée d'aujourd'hui, c'est qu'il ne pourrait pas y avoir pire.

Mercredi 12 octobre

J'avais tout faux! Il pouvait y avoir pire qu'hier. Il y a aujourd'hui!

Tout va mal à l'école! J'ai l'impression qu'on m'a transplanté les neurones d'un écureuil! Pas que je ne pense qu'à grimper aux arbres ou à emmagasiner des noix en prévision de l'hiver, mais j'ai l'impression que je ne comprends rien à ce que me disent les profs. Et en parlant d'eux… on dirait qu'ils se sont passé le mot pour tous nous donner de gros devoirs en même temps! Je me sens débordée!

Hypothèse: Peut-être que les écureuils sont complices avec les extraterrestres et que j'ai été cobaye pour une expérience ultra-secrète intitulée «SHANE», ce qui signifie «Survie d'un Humain Avec des Neurones d'Écureuil».

Mais ce n'est pas tout. Alors que feu mon bouton est devenu une grosse croûte rouge-mauve (ouach), j'ai vu, tam ta ta tam: Faux-Ryan.

Je reviens de l'école avec Kat. On marche bien tranquillement dans le parc lorsque je l'aperçois un peu plus loin sur le même trottoir que nous. Je dis à Kat, en pointant bien mon bouton (croûte) grosseur Saturne X 1000, qu'il faut absolument qu'on ait l'air en grande conversation et que, lorsqu'il passera, on ait l'air de ne pas l'avoir remarqué.

Kat commence à me parler du film *Le seigneur des anneaux* et analyse les décors. (En fait, elle fait seulement semblant, car elle a moins remarqué les décors qu'Orlando Bloom.)

Faux-Ryan passe près de nous et ralentit. Et cette fois, ce n'est pas parce que je sens qu'il est au ralenti, il ralentit pour vrai.

Faux-Ryan : Salut !

Moi (j'avale ma salive, tout en mettant une main devant mon bouton) : Salot, lut, lo. Allô. (Pourquoi ? Pourquoi ? Pourquoiiiiiiiiiiiiiiiiiii ?)

Kat : Allô ! Ce qu'Aurélie veut dire, c'est...

Faux-Ryan : Salut.

Kat : Tu l'as déjà dit.

Faux-Ryan (avec un sourire) : Je le dis pour Aurélie.

Tout ce qui s'est passé après cette phrase a été flou. J'ai regardé derrière Faux-Ryan, j'ai vu une pluie de feuilles mortes et j'ai trouvé ce spectacle majestueux. Après avoir observé ce phénomène naturel (qui ne m'avait jamais marquée avant), il ne serait pas impossible que je me sois évanouie, et que je sois en ce moment dans le coma (je dois vraiment triper sur les feuilles mortes !).

Je reprends conscience pendant que Kat me parle :

— ... que tu n'es pas capable d'aligner pas trois mots, mais trois lettres quand tu es proche de lui. T'es vraiment en train de passer pour la fille la plus tarte de la province !

Moi : Kat... comment ça s'est terminé ?

Kat : Hein ? Quoi ?

Moi : Je veux dire : comment il est parti ?

Kat : Il a dit : « Bye ! », et il est parti.

Moi : Oui, mais avant « bye » ?

Kat : Il a dit : « Je le dis pour Aurélie », t'as fait un sourire niaiseux, j'ai dit : « Comment tu sais qu'elle s'appelle Aurélie ? » Il a dit : « Tu viens de le dire » et, ensuite, il a dit : « Bye ! » et il est parti.

Moi : Oh, merde. Pendant tout ce temps-là, moi, je...

Kat : Tu souriais niaiseusement.

Moi : Oh ! merde !

Kat : Je le savais tellement que tu tripais sur lui ! Je le savais ! Je le savais ! Je le savais !

Moi : Tu ne savais rien pantoute !

Kat : Je le savais !

Moi : Rapport ?!?

Kat : Tu tripes sur lui ! Tu tripes sur lui-e !

Moi : Je ne tripe pas sur lui ! Les gars m'énervent. Et j'ai été distraite par la pluie de feuilles mortes. C'était super-beau, c'est tout !

Kat : Tu dis n'importe quoi ! Tu deviens complètement tarte devant lui !

Moi : Ouain, c'est bizarre. Je ne sais pas si c'est le hasard ou...

Kat : Oh ! j'ai peut-être une théorie ! Ce matin, j'ai lu dans le journal que Saturne était dans ton signe et que ça causait du tourment dans ta vie.

Moi : Saturne n'est pas dans mon signe, elle est dans ma face !

16 h 08

Nous sommes allées chez Kat et, pendant que nous mangions des craquelins avec du Cheez Whiz, avant de nous plonger dans nos devoirs, je pensais seulement à deux choses : 1) Câline, que c'est bon du Cheez Whiz et 2) « Je le dis pour Aurélie », « Je le dis pour Aurélie »… « Je le dis pour Aurélie » ! « Je le dis pour Aurélie » ? « Je le dis pour Aurélie »…

21 h 10

Je me demande ce qu'il voulait dire par « Je le dis pour Aurélie ». Est-ce parce que, les fois qu'il m'a vue, il m'a trouvée nounoune et qu'il pense qu'il faut me *préciser* les choses (je n'ai pas des neurones d'écureuil *pour de vrai*, quand même !), ou parce qu'il trouve que j'ai l'air bête et que c'était une façon d'être, disons, sarcastique, ou parce qu'il voulait absolument me dire « salut » afin que je comprenne qu'il n'y avait pas d'animosité entre nous, même si on l'a niaisé avec l'affaire du tampon, ou encore parce que…

21 h 13

Voyons, on se calme. Je m'auto-épuise !

21 h 15

Surtout que j'ai *réellement* autre chose à penser !

21 h 16

Peut-être que le Cheez Whiz n'est pas une bonne idée quand on a un bouton... (À moins qu'on ne le mette directement dessus? À vérifier.)

21 h 16

Faux-Ryan dit «salut», lui. Hum...

Mardi 18 octobre

Ma mère est folle. F-O-L-L-E! Ou elle est en plein SPM, car elle est vraiment insupportable! Elle est revenue de son travail avec un million de sacs de magasins qu'elle a déposés par terre et, ensuite, elle a soupiré et elle a pointé du doigt chaque chose (sauf ses sacs) qui traînait dans la maison en me demandant: «C'est à qui, ça?» Elle n'a pas remarqué que nous ne sommes que deux dans la maison?

Mon sac d'école: «C'est à qui, ça?» (J'étais avec elle quand on l'a acheté.)

Mon chandail de laine: «C'est à qui, ça?» (C'est sa propre mère qui me l'a tricoté.)

Les fils du Nintendo: «C'est à qui, ça?» (Elle n'y touche jamais!)

La vaisselle: «C'est à qui, ça?» (Ah ben, ça! J'ai contribué à la salir, mais la vaisselle lui appartient parce qu'elle est vraiment laide!)

Après avoir terminé de pointer presque tout ce qui était dans la maison (sauf les meubles, sûrement parce que le compte de sa carte de crédit l'empêche de devenir amnésique en lui rappelant qu'ils sont à elle), elle a dit que je n'étais pas une fille responsable et mui mui mui mui mui mui mui.

Ça m'a changé les idées, me faisant presque oublier mon questionnement au sujet de Faux-Ryan, qui, en passant, s'appellerait Nicolas. Bizarre, car je m'étais un peu habituée à l'appeler Faux-Ryan.

C'est grâce à Kat que je l'ai su. Samedi dernier, pendant que je me tapais une visite assommante chez mes grands-parents Charbonneau, elle est allée au dépanneur se chercher sa dernière *slush*. Il commence à faire un peu froid et elle tripe tellement sur la *slush* qu'elle s'ennuie l'hiver (il lui arrive même d'en acheter quand il fait moins mille dehors!). Et là, elle a vu une *gang* et un des gars a dit : «Hé! Nic!», et Faux-Ryan est arrivé. Kat a donc présumé qu'il s'appelait Nicolas, et que Nic était son surnom. Super espionne!

Ensuite, elle m'a répété qu'elle trouvait qu'il ne ressemblait en rien à Ryan Sheckler et que leur seul point commun était de faire du skate. Kat a même ajouté que, d'ailleurs, Ryan était champion de skate, tandis qu'on n'avait jamais vraiment vu Nicolas «Faux-Ryan» nous impressionner avec ses talents. Je lui ai répondu que c'était parce qu'on ne l'avait pas souvent vu, point. Et que, chaque fois qu'on le voyait, c'était moi qui volais la vedette avec mes gaffes.

Mais bref. Après être allée chercher une *slush*, Kat est allée niaiser dans un magasin de revues et elle a vu Truch qui lisait un magazine de cinéma. Il paraît que, quand il l'a vue, il a arrêté de lire (c'est ce qu'elle dit, mais ça pourrait aussi être parce qu'il avait terminé l'article). Alors, Kat (qui semble vraiment plus habile que moi avec les gars) est allée le voir et lui a proposé une gorgée de sa *slush*. Il paraît qu'il a pris une gorgée sans jamais la quitter des yeux (avec la même paille, normal, car c'est rare que quelqu'un traîne des pailles dans ses poches) et il a dit: «Cool, de la *slush*, merci.» Et il lui a demandé son numéro de téléphone.

D'ailleurs, Kat m'a dit que, lorsque je verrai Faux-Ryan, il faudra absolument que j'utilise le truc de la *slush*. Selon elle, j'aurai l'air cool, donc je reprendrai d'un seul coup ma dignité.

Je n'en reviens pas qu'une seule visite chez mes grands-parents m'ait fait manquer tout ça! Pendant que Kat partageait sa *slush*, moi, j'écoutais mon grand-père me raconter pour la cent cinquantième fois le jour où il a vu un ours, la fois où la madame de la Caisse pop lui a volé cinq «piasses» et les prouesses de feu sa chienne Miquette qui, dans mon souvenir, ne faisait que japper et mordre. En plus, ma grand-mère m'a donné plein de trucs de grand-mère au sujet de mon bouton. Ce qui m'a énervée, car je croyais qu'il ne paraissait presque plus (peut-être grâce au Cheez Whiz?). Qu'est-ce que j'aurais aimé être avec Kat et boire de la *slush*, moi aussi!

Trucs antiboutons de ma grand-mère Charbonneau :

• Mettre des compresses de jus de citron plusieurs fois par jour. (Note : peut causer un aveuglement. En fait, c'est le seul truc que j'ai essayé, mais, en pressant le citron sur un morceau de ouate, je me suis aspergé l'œil, ce qui m'a rendue momentanément aveugle et j'ai eu bien de la difficulté à voir où exactement placer la compresse.)

• Dès qu'il apparaît, appliquer une fine tranche de tomate pendant quinze minutes et rincer à l'eau. (Ne fonctionne qu'avec les vraies tomates et non avec du ketchup. Ma grand-mère a même semblé découragée que je lui pose la question, même si c'était une blague. Zéro sens de l'humour !)

• Mettre du dentifrice pendant quinze minutes. (Il paraît que ça fait sécher le bouton, mais il ne faut surtout pas le laisser là. De quoi on aurait l'air de se mettre de la pâte dentifrice sur le visage ? Pouah !)

• Mettre de l'urine dessus. (OU-A-CH X 1000 ! Comment elle a découvert ça ? Imaginer ma grand-mère en train de faire des acrobaties pour faire pipi sur ses boutons est une image mentale absolument in-to-lé-ra-ble.)

Note à moi-même : Tenter absolument d'oublier qu'elle m'a dit ça un jour.

19 h 38

J'ai ramassé toutes les choses que ma mère m'a dit de ramasser, ou plutôt à propos desquelles elle m'a obligée à dire : « C'est à moi », et je suis partie dans ma chambre.

19 h 50

Ma mère est venue me dire qu'elle aimerait réellement que je m'implique plus dans la maison, qu'elle n'est pas capable de s'occuper de tout toute seule, blablabla et autres affaires de mère qu'elle a pu trouver au passage. (Répéter les mêmes choses, je crois qu'elle tient ça de son père.)

Personnellement, toutes les tâches du style « éternel recommencement » m'ennuient profondément. Je ne comprends pas comment la vaisselle peut s'accumuler aussi vite. Une journée, tout est propre et, le lendemain, pouf! il y a de nouveau plein de vaisselle. Une chance que ma mère et moi ne sommes que deux! J'ose à peine imaginer une famille de quatre comme celle de Kat (surtout que, si sa mère commence à vouloir mettre un nom sur chaque chose qui traîne comme l'a fait la mienne, l'exercice risque d'être un peu plus complexe).

20 h 01

Je viens d'essayer de téléphoner à Kat, mais elle m'a dit qu'elle était sur l'autre ligne avec Truch.

20 h 30

Je suis contente que ma mère soit insupportable.

Insupportable = célibataire.

Mère célibataire + moi = moins de vaisselle à faire.

Jeudi 20 octobre

Je suis fâchée contre *Gilmore Girls*! Ce n'est pas représentatif de la vraie vie. Je ne me souviens pas d'avoir déjà entendu Lorelai dire à Rory de faire son ménage. Bon, elle l'a peut-être fait dans un épisode que j'ai manqué (ce qui me surprendrait). Lorelai parle d'autres choses que de ménage parce qu'elle a d'autres sujets de conversation. Lorelai est une mère cool. Mais bon, ma mère dirait sûrement que Rory a l'air assez facile à vivre. Elle n'est pas constamment chez le directeur pour des niaiseries (aujourd'hui, j'ai eu une retenue juste parce que ma chemise était sortie de ma jupe : vraiment poche !). Rory est parfaite, elle !

Le téléphone sonne, c'est Kat.

Kat : Au, devine quoi ?

Moi : Tu ne trouves pas que Rory, dans *Gilmore Girls*, est un personnage surréaliste ?

Kat : Je m'en fous, de Rory !

Moi : Ne parle pas contre *Gilmore Girls* !

Kat : C'est toi qui viens de parler contre *Gilmore Girls* !

Moi : Ah oui, c'est vrai... C'est juste parce que Rory a l'air parfaite et qu'elle ne se fait jamais chicaner parce qu'elle ne fait pas le ménage.

Kat : Rory ne fait jamais son ménage parce que c'est une émission de t-é-l-é. Tu veux continuer à parler de *Gilmore Girls* ou tu veux que je te dise ma nouvelle ?

Moi : Penses-tu que Lorelai va se marier avec Luke ?

Kat : Je m'en fous ! On est invitées à un super-party d'Halloween !

Moi : Hein ? Quand ?

Kat : À l'Halloween, c't'affaire ! Ben, le 29. Pas samedi de cette semaine, mais l'autre. Ça te tente ?

Moi : Chez qui ?

Kat : Chez Philippe, un ami de Truch. Je viens de lui parler au téléphone et je lui ai demandé de t'inviter. Tu sais qui sera là ?

Moi : Qui ?

Kat : David Desrosiers !

Moi : Meh ?

Kat : Ben non, c't'une *joke* ! Nicolas Dubuc !

Moi : C'est qui, lui ?

Kat : Faux-Ryan !

Moi : Ah.

Kat : Fais pas semblant, je le sais que tu tripes sur lui.

Moi : Pff ! vraiment pas ! Pis arrête de dire ça, ça m'énerve !

Il me reste exactement neuf jours pour me trouver un déguisement. Je demanderais bien à ma mère de me conseiller, mais j'ai peur qu'elle me réponde Cendrillon ou tout autre personnage ayant rapport avec le ménage.

Suivi bouton :
Disparu. *Youpiiii !* Ma mère m'a dit de ne pas me réjouir trop vite, que ce n'était certainement pas le dernier. (Peh ! très encourageante ! Elle perd des points de mère.) Elle a aussi ajouté que je tenais sûrement ça de mon

père qui avait plein d'acné quand il était ado. (Il n'avait pas eu les trucs de ma grand-mère, lui!) De toute façon, ce n'était peut-être pas des boutons, mais une façon de camoufler la carte pour se rendre à sa planète! (Hi! hi!)

Samedi 22 octobre

Kat pense que, si je me déguise en Hermione, ce ne sera pas assez *sexy*. Elle croit qu'il faudrait que je me mette un peu plus en valeur. Elle, elle a décidé de se déguiser en Catwoman.

Dimanche 23 octobre

La guerre est officiellement déclarée avec ma mère!

Cet après-midi, elle est sortie et on s'est dit « bye » totalement froidement! Après son départ, j'ai remarqué que c'était le bordel. Habituellement, je ne le remarque pas tant que ça, mais, étant donné son *obsession* pour la propreté, ça me rend un peu plus, disons, observatrice. Alors, j'ai pris des Post-it et j'en ai placé partout dans la maison, question d'aider sa mémoire à court terme visiblement défectueuse et de répondre à ses questions à savoir « qu'est-ce qui est à qui ».

Post-it du divan: «À France, mais Aurélie l'utilise parfois.»

Post-it de la tache sur le divan: «Fait par Aurélie, onze ans, alors qu'elle avait mangé du spag ici.»

Post-it du pot de comprimés de vitamine C: «À Aurélie et à France pour prévenir grippe.»

Post-it d'un kleenex par terre: «Indéterminé.»

J'ai vu un mouton de poussière par terre et j'ai décidé de faire une recherche sur Google au sujet de la poussière pour faire un Post-it informatif. J'ai trouvé ceci: «La poussière peut être formée de différents éléments souvent issus de la dégradation de matériaux: des fibres textiles, des bouts de plantes, du pollen de fleur, des particules de terre, des poils d'animaux, des cellules mortes de peau humaine, divers polluants émis par les voitures et les usines et même de la poussière de météorite.» Whouaaaa! de la poussière de météorite! Trop cool!!!!!!!!

Post-it sur le mouton de poussière par terre: «Peut contenir des bouts de plantes, du pollen de fleur, des cellules mortes de peau humaine, des polluants et même… de la poussière de météorite!!!!»

Post-it sur une assiette avec un reste de fromage cottage: «À France parce qu'Aurélie DÉTESTE le fromage cottage.»

Post-it sur un cheveu blond frisé par terre: «À France parce qu'Aurélie a les cheveux raides, châtains et en général sur sa tête.»

Post-it sur mon livre de maths: «À Aurélie, source de stress intense.»

Ça devrait la calmer pendant un bout de temps !

15 h 36

Il m'a fallu trois heures pour faire tout ça, y compris ma recherche sur la poussière, que j'ai trouvée vraiment passionnante ! De la poussière de météorite dans ma maison : trop cool !!!

15 h 45

Oups. Je crois que je suis allée un peu trop loin avec mes Post-it. Je me sens un peu mal. Je le regrette. J'ai peur de la chicane incroyable que ça va engendrer. Peut-être que ma mère ne voudra plus jamais que je sorte de la maison.

15 h 47

Si elle m'empêche encore de regarder *Les frères Scott*, je vais ca-po-ter ! Il faut tout de suite que j'aille enlever ça.

15 h 48

Au moment où j'allais enlever les papiers, j'ai entendu la clé tourner dans la serrure et je suis allée me cacher dans ma chambre. Mon cœur battait incroyablement fort. J'ai d'ailleurs pris mon pouls pour vérifier si je ne faisais pas une crise cardiaque. Le problème, c'est que je ne me souviens plus comment on prend son pouls, et mon exercice a été complètement stoppé par un long cri de ma mère, suivi de mon nom. Je suis sortie de ma chambre, mal à l'aise, et je l'ai vue se tordre de rire. Elle riait aux larmes en lisant attentivement chacun de mes Post-it. Étonnée, je me suis approchée d'elle, alors elle m'a serrée dans ses bras en disant : « Je t'aime tellement ! » Puis son fou rire s'est transformé en pleurs et elle a ajouté : « Je m'excuse, ma belle, je ne suis pas du monde ces temps-ci… Je pense que je suis fatiguée. »

Ça y est, je crois qu'elle vient de péter sa coche !

Note à moi-même : Faire breveter mon idée des Post-it et la vendre aux dirigeants de tous les pays comme moyen pacifique et très peu coûteux d'arrêter la guerre.

Lundi 24 octobre

J'ai trouvé le déguisement i-dé-al ! Je vais me déguiser en *cheer leader*, comme Peyton et Brooke le sont pour les Ravens, dans *Les frères Scott*. Il faut seulement que je me trouve une jupette bleue et des pompons. Kat a trouvé que c'était une idée géniale ! Elle a même pensé qu'on aurait pu se déguiser toutes les deux comme ça. Mais, finalement, on en est venues à la conclusion (après exactement trente-cinq secondes de réflexion) qu'il valait mieux qu'on ait chacune notre personnalité. Ma mère pense qu'on peut me faire des pompons avec des sacs-poubelles blancs, comme on l'avait fait pour mon cours de ballet jazz lorsque j'avais dix ans. Je lui ai répondu : « Justement, j'avais dix ans ! » T'sais ! Ma mère a compris et elle m'a dit qu'on irait magasiner ensemble samedi. Elle croit que c'est très facile à trouver, un déguisement de *cheer leader*. Elle a même ajouté qu'une de ses collègues s'était déguisée comme ça l'an dernier à l'Halloween. Je lui ai conseillé de ne pas poursuivre l'anecdote parce que ça ne me tentait pas de me pourrir l'existence à croire que j'avais un déguisement de madame. Ma mère a ri. Je trouve qu'elle a quand même un bon sens de l'humour ces temps-ci (sûrement dû à son bonheur amoureux avec Denis Beaulieu, grrr).

Vendredi 28 octobre

Semaine complètement folle à l'école, je n'ai pas du tout eu le temps de penser à mon costume d'Halloween. Mais ce que je sais, c'est que la plupart des gens ont de très bonnes idées. Justine et Marilou, qui ne vont pas au même party que nous (heureusement), se déguisent respectivement en Madonna (Kat était d'ailleurs jalouse de ne pas y avoir pensé) et en Gwen Stefani (elles ont un concept «chanteuses»). Quant à moi, j'ai hâte d'aller magasiner demain pour mon super-costume de *cheer leader*!

« *Go Ravens!* »

P.-S.: Ma mère tripe carrément sur moi depuis l'affaire des Post-it et ne m'a même pas fait une seule remarque sur le ménage DE TOUTE LA SEMAINE!

Samedi 29 octobre

Jour du party d'Halloween.

Cet après-midi, je suis allée magasiner avec ma mère. Mais personne ne m'avait dit que le jour d'un party d'Halloween : il. est. impossible. de. trouver. un. costume. Et ma mère, qui a plus d'expérience de vie que moi, ne semblait pas être au courant non plus.

Nous avons fait au moins cinq magasins de costumes ; il ne restait qu'un masque de monstre vert (vraiment PAS sexy), un costume de princesse avec crinoline et grand chapeau en cône (jeune) et un de Zorro (trop masculin).

16 h

J'appelle Kat d'un téléphone public.

Moi : Est-ce qu'au party on est obligées d'être déguisées ?

Kat : Oui.

Moi : Ah.

Kat : Pourquoi ?

Moi : Pour rien.

16 h 15

En désespoir de cause, j'ai choisi Zorro parce que le chapeau me va bien.

18 h 30

2 945 976 : nombre de fous rires de Kat depuis qu'elle m'a vue habillée en Zorro. Elle croit vraiment que je devrais me faire une petite moustache en maquillage pour compléter mon costume de vengeur masqué (ou plutôt de

travesti). Je lui ai dit d'oublier ça. Mais ma mère, qui trouvait l'idée bonne, m'a couru après avec son *eye-liner*. Elle n'arrivait pas à m'attraper, tellement elle était crampée de rire. Kat, elle, se roulait littéralement par terre. Elle a été obligée d'enlever son masque de Catwoman pour ne pas s'étouffer.

19 h 30

Le party était à 19 h, mais Kat et moi avons décidé de ne pas arriver trop tôt pour ne pas avoir l'air désespérées (comment pourrais-je ne pas avoir l'air désespérée déguisée en héros travesti???!!!). Nous nous sommes rendues au party, chez Philippe Genest-Patry, l'ami de Truch. Quand nous sommes arrivées, tout le monde était déjà là. Philippe (ou sa mère?) avait décoré tout le sous-sol. Il s'était donné à fond! Il y avait des toiles d'araignées, des plats de jujubes un peu partout, des graines de citrouille salées, des carrés aux Rice Krispies en forme de personnages (avec des Smarties orange et noirs pour faire les faces), deux citrouilles, et plein de décorations, style sorcières, fantômes, etc. J'ai aperçu Nicolas déguisé en skateur zombie (vraiment pas original). Truch, déguisé en chevalier médiéval, s'est jeté sur Kat et, pendant qu'elle partait avec lui, elle m'a dit : « Va t'acheter de la *slush* ! » Maintenant que j'y pense, je crois qu'elle parlait métaphoriquement ou que c'était tout simplement un clin d'œil à son bonheur personnel. Mais, moi, je l'ai prise au premier degré et, alors que Nicolas s'avançait vers moi, je suis sortie de chez Philippe pour me rendre au dépanneur le plus proche en pensant que c'était un bon moment pour retrouver ma dignité grâce au truc de la *slush*.

19 h 45

Le gars du dépanneur tripait sur mon déguisement et, sur fond de musique de dépanneur, il m'a dit : « Il est beau, ton déguisement. » Quinze ans plus tard, on se mariait. Ha ! ha ! ha ! Blague ! Comme si ça se pouvait ! J'ai pris une *slush* à la framboise bleue. (Ça n'existe pas du tout dans la nature, les framboises bleues, mais on s'en fout, c'est vraiment la meilleure *slush* !).

20 h

Quand je suis revenue chez Philippe, toutes les lumières étaient éteintes. Je ne croyais pas être partie aussi longtemps. J'ai ouvert timidement la porte, et quand j'ai entendu la chanson *You will be loved* de Maroon 5, je suis descendue au sous-sol. Le temps que mes yeux s'habituent à la noirceur, j'ai vu Kat et Truch qui s'embrassaient et Nicolas qui dansait collé à une fille (pétard standard) déguisée en Hermione-qui-s'en-va-au-bal, dans *Harry Potter et la coupe de feu*. Hermione, c'était MON idée ! (Mais j'avoue que je n'aurais pas pensé à choisir la scène du bal. Mais bon, elle est peut-être juste déguisée en fille qui s'en va au bal, ce qui n'est pas vraiment original comme déguisement. À moins qu'elle n'aille à un *vrai* bal après le party.)

J'ai appris par la suite que c'est une fille de leur école, qui s'appelle Marithé Roberge (un nom qui, selon moi, sonne comme du vomi, surtout si on le répète plusieurs fois de suite).

Quand Nicolas m'a vue, malgré mon masque de Zorro, et malgré le slow qu'il dansait, il s'est approché de moi. Mal à l'aise, j'ai pris une grande lampée de *slush* et, lorsqu'il est arrivé à côté de moi, j'ai ressenti une paralysie au niveau du front qui m'a fait un mal atroce. Il a attrapé mon bras et il a dit :

— Aurélie ?

Moi (tentant de camoufler la douleur de mon cerveau paralysé) : Foui ?

Nicolas : C'est Katryne qui m'a dit que tu t'étais déguisée en Zorro.

Moi : Kat ? Ah… F'est pfafqu'il n'y afait pfas df'aufre dféguivement.

Nicolas : Quoi ?

Moi : F'est pfafqu'il n'y afait pfas df'aufre dféguivement !

Nicolas : Quoi ?

Moi : F'EST PFAFQU'IL N'Y AFAIT PFAS DF'AUFRE DFÉGUIVEMENT !

Nicolas : Ah.

Moi : Écoute, fa danfer, awmufe-twa, lwa tfoune est pfefque finie, moi fu vfaiment tfannée de fettfe fifuafion. Jv'men vais df'ifi !

20 h 45

Je rentre chez moi. En entrant, je vois ma mère assise au salon qui lit le magazine *Stars et Célébrités*.

Ma mère (en baissant le magazine et en me regardant par-dessus ses lunettes) : Tu rentres tôt.

Moi : J'ai eu un… problème.

Ma mère : Tu as bu ?

Moi : Juste de la *slush*.

Ma mère : De la *slush* ? Tu ne trouves pas qu'il fait un peu froid pour ça ?

Moi : Oui, surtout dans mon cerveau.

Je vais à la cuisine, prends le sac de biscuits aux brisures de chocolat et m'assois sur le divan, vraiment découragée.

Ma mère : Savais-tu que Daniel Radcliffe a appris qu'il allait jouer Harry Potter alors qu'il était dans le bain ? J'ai lu ça dans le *Stars et Célébrités*. C'est mignon.

Moi (la bouche pleine de biscuits) : La *slush* m'a gelé le cerveau, ça ne m'a pas rendue Alzheimer ! Il date de quelle année, ton *Stars et Célébrités* ?

Ma mère (en regardant le magazine) : Euh…

Moi : Je sais aussi que son tome préféré est *Harry Potter et le prisonnier d'Azkaban*, qu'il n'aime pas se regarder dans le premier film parce qu'il se trouve poche, et qu'il joue de la guitare.

Ma mère : Wow ! Si tu mettais autant d'énergie dans tes études, tu aurais des notes fabuleuses !

Moi (pensant : Mui mui mui mui mui mui mui, mais répondant réellement) : Si l'école posait des questions sur Daniel Radcliffe, je serais vraiment bolée !

20 h 50

Je vais ranger le sac de biscuits et, en me dirigeant vers ma chambre, je décide de revenir vers elle.

Moi : M'man… quand tu sortais avec papa, est-ce que c'était… compliqué ?

Ma mère : Hummm… non.

Je m'assois et dépose mon chapeau de Zorro à côté de moi.

Moi : Raconte-moi votre histoire d'amour.

Ma mère : Tu connais cette histoire par cœur !

Moi : J'aime ça, l'entendre…

Ma mère : Bon (Elle dépose le magazine sur ses genoux). Ton père étudiait en administration, à l'université, tandis que, moi, j'étudiais en marketing. Nous n'avions pas les mêmes horaires. Puis à un moment donné, par hasard, on s'est croisés.

Ma mère a toujours les yeux brillants quand elle parle de ça. Je ne sais pas ce que je préfère entre l'histoire et le visage de ma mère quand elle la raconte.

Moi : Et, ensuite ?

Ma mère : Tu le sais !

Moi : Dis-le encore !

Ma mère : Quand il m'a vue, ton père m'a saluée, comme si on s'était toujours connus et… voilà ! On est allés prendre un café, on a parlé pendant au moins quatre heures et on ne s'est plus quittés.

Aucune rougeur n'est apparue dans son cou. J'ai décidé de continuer.

Moi : Quand il t'a « saluée », il t'a dit « allô » ou « salut » ?

Ma mère : Ouf ! je ne m'en souviens plus ! Mais pourquoi tu me demandes tout ça ? Est-ce que tu t'intéresses à un gars ?

Moi (revoyant mentalement la scène où je parlais à Nicolas avec la tête gelée de *slush*) : Non ! Rapport ?!?

22 h

(Dans mon lit, sur mon côté gauche.)

Si jamais il y a une force supérieure qui dirige les êtres humains sur la planète, elle a décidé de s'acharner sur moi!!!

22 h 30

(Dans mon lit, sur mon côté droit.)
Mais non!

22 h 45

(Dans mon lit, sur le dos.)
Peut-être! Kat l'a lu dans mon horoscope!

22 h 50

(Dans mon lit, sur mon côté droit.)
Ça se peut!

22 h 55

(Dans mon lit, sur le dos.)
De quoi, donc?

Lundi 31 octobre

Aujourd'hui, en géo, j'étais vraiment dans la lune et, pendant une explication que je n'écoutais pas parce que, justement, j'étais dans la lune, Laurent Giroux, le prof, a dit: «Aurélie Laflamme, reviens sur terre!» S'il savait 1) à quel point ça m'a gênée et 2) que c'est la chose que j'aimerais le plus au monde.

Novembre

Mon Vieux, Tu M'as Jetée Sur Une Nouvelle Planète

Mardi 8 novembre

Depuis une semaine, je suis sur la planète L.O.V.E. (comme dirait Ashlee Simpson). Kat et Truch ne se lâchent pas ! Depuis quelques jours, Truch vient chercher Kat à l'école et ils profitent du fait que ma mère n'est pas là pour venir chez moi s'embrasser. D'ailleurs, les bruits de *french*, c'est totalement dégueu ! Un genre de clapotis horrible dans mes oreilles. Ça me donne des petits frissons désagréables quand je les entends. Beurk !

L'histoire du premier baiser de Kat et de Truch (ajouter un effet sonore de smouch smouch incessant) :

Kat et Truch se sont embrassés pour la première fois au party d'Halloween. Et elle n'arrête pas de répéter cette histoire, du moins quand il n'est pas avec elle.

Pendant qu'ils dansaient sur *You will be loved* (elle ne s'était même pas rendu compte que j'étais partie), Kat s'est dégagée et elle a dit qu'elle trouvait cette chanson très belle et Truch a répliqué que c'était elle (Kat) qu'il trouvait belle.

GROS QUÉTAINE !!!

Mon expérience d'« embrassage » n'est pas vraiment étendue. Je dirais même qu'elle est

133

nulle, puisque, toutes les fois que j'aurais pu embrasser quelqu'un, ça ne s'est pas concrétisé.

Première possibilité :

À onze ans.

William Dorion.

French avorté pour cause de mauvaise haleine (la sienne).

Deuxième possibilité :

À onze ans.

Jean-François Michaud.

C'était vers la fin de l'année scolaire. Nous étions en équipe pour faire un travail d'arts plastiques parce que nos pupitres étaient côte à côte. Après l'école, il est venu chez moi. On travaillait couchés sur le ventre, sur mon lit. À un moment donné, j'ai senti que quelque chose me chatouillait la main et j'ai sursauté, car je croyais que c'était une araignée. Mais c'était la main de Jean-François. Je me suis toujours demandé ce qui serait arrivé si je n'avais pas sursauté.

Troisième possibilité :

À treize ans (presque quatorze).

Louis-Martin Amyot.

C'était l'été dernier, à un party. On jouait à « vérité-conséquence ». J'ai finalement choisi « vérité », car je ne voulais pas l'embrasser : il est vraiment laid et con, et je n'avais pas envie que mon premier baiser soit avec LUI ! J'ai donc dû avouer que je n'avais jamais vu *L'exorciste* parce que ça me fait trop peur. Kat était un peu fâchée que j'aie choisi de dévoiler ce secret qui remettait notre crédibilité d'amatrices de films d'horreur en cause. Après, je lui ai dit qu'il était possible que, dans ma vie, j'aie vu plein d'autres films d'horreur. Ça l'a rassurée.

Quatrième possibilité :

Depuis la sortie de *Harry Potter à l'école des sorciers.*

Daniel Radcliffe.

Ha ! ha ! ha ! Totalement dans mon imagination ! (Sauf si ça compte quand on embrasse les affiches.)

16 h 45

En regardant Kat et Truch, j'en viens à penser que l'amour brûle des cellules dans le cerveau. C'est vrai. Kat est passée de fille indépendante, forte et solide, à guimauve-trop-cuite-sur-un-feu-de-camp. Je n'ai certes pas envie que ça m'arrive. Ni de me brûler des cellules dans le cerveau. J'aime ça, avoir le cerveau intact. (Je crois que je n'ai jamais autant dit le mot « cerveau » de ma vie !)

Jeudi 10 novembre

Ça fait quarante millions d'années que Kat et moi ne sommes pas allées à l'arcade ! Kat dit que c'est parce que je lui ai déclaré solennellement que je ne voulais plus jamais y mettre les pieds ! Je ne m'en souvenais même plus. Alors, quand je lui ai dit que ça ne me dérangeait pas d'y retourner, question de faire une activité différente que d'aller à l'école ou de la voir *frencher* son *chum*, elle a répondu qu'«on est plus occupées à l'école ces temps-ci» et elle a ajouté qu'«on n'est plus sur le *beat* de l'été». Moi, je dis que c'est parce qu'elle est plus sur le *beat* d'avoir un *chum*, c'est tout!

Alors, je passe de looooongues heures devant la télé et je regarde même des émissions qui ne m'intéressent pas. En zappant, je suis tombée sur un reportage concernant une nouvelle chanteuse pop dont j'ai oublié le nom. Le but du reportage était de la suivre toute une journée pour voir à quel point sa vie était palpitante (comparativement à la nôtre, je suppose). Sur fond de musique techno-nerveuse, le reporter décrit sa journée et il y a toujours un petit effet sonore «ding!» chaque fois qu'il termine une phrase.

6 h Chanteuse-*hot*-comparativement-à-vous se lève. Ding!

7 h Elle va au gym. Ding!

8 h Elle se fait masser. Ding!

9 h Elle se fait coiffer. Ding!

10 h Entraînement de danse intense. Ding! Etc., etc., etc. Ding! Ding! Ding!

S'il y avait un reportage de ce genre sur moi, je me demande de quoi ç'aurait l'air…

Journée typique de ma vie (ces temps-ci):

Sur fond de petite musique techno-nerveuse, avec montage serré et effets sonores à l'appui.

7 h Mon réveil sonne. Ding!

7 h 30 Je me lève. Vive le piton *snooze*! Ding!

7 h 15 En réalité, il est 7 h 15, car j'ai pris soin de programmer le réveil quinze minutes en avance (et dire que je ne suis pas censée être bonne en maths!). Ding!

7 h 17 Je prends ma douche et je m'habille. Ding!

7 h 30 Je déjeune: céréales Lucky Charms quand il y en a, toast au beurre d'arachide et verre de lait. Quand il commence à faire froid, comme ces temps-ci, il m'arrive de boire du chocolat chaud. Ding!

7 h 45 Je dois quitter la maison pour aller prendre l'autobus pour l'école. Ding!

7 h 47 Je reviens chez moi parce que j'ai oublié de prendre mon sac à dos et/ou mes clés ou encore de me brosser les dents et je quitte de nouveau la maison pour retourner à l'arrêt d'autobus. Ding!

7 h 50 Angoisse sur le thème «Est-ce que l'autobus va *vraiment* passer?». Ding!

7 h 52 L'autobus arrive… toujours en retard. Ding!

8 h 15 J'arrive à l'école. Ding!

8 h 20 Kat me parle de Truch et de tout ce qu'ils se sont dit de formidable au téléphone la veille. Ding!

8 h 35 à 12 h 10 Cours hétéroclites variant entre maths, français, anglais, éduc, bio, géo, arts, morale (jusqu'à la réforme, à ce qu'il paraît). Ding!

12 h 10 Je dîne avec Kat à la café (cafétéria, pour ceux qui ont envie de dire le mot au complet). Elle me parle encore de Truch

et pense à ce qu'elle pourrait lui dire au téléphone ce soir (conversation qui me sera confirmée demain matin, vers 8 h 20). Ding!

13 h 15 à 15 h 45 Cours hétéroclites, variant entre maths, français, anglais, éduc, bio, géo, arts, morale (jusqu'à la réforme, à ce qu'il paraît – je sais que je me répète, mais hé, c'est ça, l'école!). Ding!

15 h 50 Dans mon casier, je prends les livres dont j'aurai besoin pour faire mes devoirs. Ding!

15 h 55 J'entends Kat parler de Truch à d'autres filles de l'école. (Il faut qu'elle se trouve d'autres oreilles, car, aussi «ennuagée» qu'elle puisse être par l'amour, elle a au moins la décence de ne pas me répéter ses anecdotes plus de deux fois. Hum... disons plutôt trois fois.). Ding!

16 h Pendant qu'on marche ensemble vers l'arrêt d'autobus, Kat me dit qu'on va se téléphoner ce soir. Ding!

16 h 05 L'autobus de Kat arrive. Ding!

16 h 06 Angoisse sur le thème «Je me demande si l'autobus va *vraiment* passer». Et, pendant que je me pose cette question angoissante, les autres filles qui attendent et moi nous faisons des sourires qui veulent dire: «On ne se parle pas à l'école, mais on est pognées pour attendre l'autobus ensemble, fait que...» Et là arrive le sourire, après lequel on détourne le regard, pour être certaines de ne pas être obligées de devenir amies. Je me demande si elles se demandent elles aussi si l'autobus va arriver. Ding!

16 h 07 Mon autobus arrive... toujours en retard. Ding!

16 h 30 J'arrive à la maison. Ding!

16 h 30 à 17 h 30 Je végète en zappant. Je m'arrête le plus souvent sur Vrak.tv ou sur Télétoon. Ding!

17 h 30 Ma mère arrive et n'en revient pas que tout soit à l'envers. (Je me demande pourquoi elle n'en revient pas, parce que c'est comme ça tous les jours.) Elle me demande pourquoi je n'ai rien fait en rentrant de l'école, je lui réponds que j'ai un horaire hyper chargé. Ding!

17 h 35 Je ramasse pendant qu'elle fait la bouffe. Ding!

18 h Ma mère et moi, on soupe. Ding!

18 h 20 Ma mère veut que je fasse la vaisselle. Ding!

18 h 30 à 19 h 30 Je fais mes devoirs. Ding!

18 h 30 à 19 h 30 Différents questionnements au sujet de l'école : Vais-je être capable de réussir mon année? Est-ce que mon cerveau a suivi l'évolution scolaire ou de l'humanité? Comment pourrais-je faire pour ne plus être dans la lune à l'école? Ding!

19 h 35 Kat m'appelle pour me dire qu'elle va appeler Truch (et autres choses, mais le vrai but de son appel est de parler de lui). Ding!

20 h à 21 h 30 Je regarde la télé, selon les émissions (ce soir, c'est *Les frères Scott*), et/ou je lis des *Archie*. Ding!

21 h 30 Je me couche (mais c'est rare que je m'endorme tout de suite). Ding!

La petite musique techno-nerveuse s'arrête.

Ouf! je trouve ma vie beaucoup plus stressante que celle de la chanteuse pop. Et je suis sûre qu'elle ne survivrait pas une seconde à mon horaire chargé! (Mais ma vie ferait un moins bon topo à MusiquePlus.)

Note à moi-même: Surveiller de près mon alimentation et faire plus de sport pour éviter un *burn-out* imminent.

Vendredi 11 novembre

C'est officiel. Je n'aime pas Truch. Il est snob. Il n'arrête pas de parler, parler, parler.

Je le déteste encore plus depuis que je sais qu'on ne peut pas avoir une opinion qui diffère de la sienne.

Kat et moi, on était en train de parler de Jocelyne, la prof de maths, qui nous a donné un super-gros devoir pour la fin de semaine, vu que lundi est une journée pédagogique. Elle a même dit que notre devoir serait noté. On stressait, car on n'est toutes les deux pas si bonnes en maths. Et là, Truch nous a sorti: «*Carpe diem.*»

Kat: Quoi?

Truch: *Carpe diem*, «saisir le jour»... Tu n'as jamais écouté *La Société des poètes disparus*?

Kat: Oui, c'est un super-bon film!

Moi: Bof! moi, j'ai trouvé ça semi.

Truch: Mais voyons, c'est un classique! Un des meilleurs films de tous les temps. Si tu vas sur le Net, tu verras qu'il fait partie de la liste des meilleurs films!

Moi: Il a beau faire partie de plein de listes, avoir toutes les qualités cinématographiques qu'il veut, moi, j'ai trouvé ça semi!

Truch: Semi-bon ou semi-poche?

Moi: *Come on!* Ils se cachent pour lire des poèmes! Tant qu'à se cacher, ils pourraient faire quelque chose de plus *wild* que ça! Et puis, à la fin, le gars se suicide parce que son père ne veut pas qu'il fasse du théâtre! *Loser!* Il n'avait qu'à finir ses études, atteindre sa majorité, quitter la maison familiale et en faire, s'il aimait ça tant que ça!

Truch: Justement. Il n'a pas «saisi le jour». Il a abandonné.

Moi: Bof, on a droit à nos opinions, moi, j'ai trouvé ça semi, c'est tout.

J'avoue qu'il m'a laissée bouche bée, mais jamais je ne l'avouerai, même sous la torture.

Kat (après un temps): Ha! ha! ha! ha! Bravo, Aurélie! C'était très drôle. (Elle se tourne vers Truch.) Elle adoooore niaiser le monde! Méchante comédienne, hein? On adooooore *La Société des poètes disparus*!

Truch: Ah! je me disais aussi que c'était impossible que du monde intelligent n'aime pas ce film! Aurélie, tu m'as vraiment eu! Je te croyais au boutte!

Et c'est depuis ce moment-là que je le déteste officiellement. C'est depuis ce moment-là que je sais aussi officiellement que mon amie a le cerveau ramolli par l'amour.

Note à moi-même: Il est important de me souvenir de ceci pour le reste de ma vie: les gens qui disent «*carpe diem*» en pensant à *La Société des poètes disparus*, ÇA M'ÉNERVE!

Samedi 12 novembre

Wouhou! Journée mère-fille super-cool! Sans ménage. Sans grands-parents. On est allées au cinéma voir deux films! Mais c'est également aujourd'hui que j'ai découvert que si l'hérédité me rattrape, je suis dans la merde!

Chose importante à faire: Demander à sœur Rose si l'hérédité est un phénomène généralisé qui affecte tout le monde.

15 h 12
Entre les deux films, ma mère et moi sommes allées aux toilettes et, quand elle a voulu se laver les mains, elle a mis ses mains sous le robinet et a attendu que l'eau coule. Voyant que ça ne coulait pas, elle a changé de robinet. Puis elle m'a dit:

— Merde! Les robinets ne fonctionnent plus!

Moi (tout bas, pour que personne n'entende): Je crois qu'il faut seulement tourner les poignées.

Alors, j'ai tourné le robinet et l'eau s'est mise à couler.

Elle se sentait mal.

Ma mère: Ha! ha! ce n'est pas assez moderne!

142

Elle a dit ça en regardant une madame qui (à mon grand désarroi) a tout entendu.

Et c'est là que je me suis dit à moi-même : « Dire que son sang coule dans mes veines ! »

Pour se défendre, elle m'a raconté que, là où elle travaille, tout est super-moderne et qu'elle est habituée à ça. J'ai pensé que c'était une excellente façon de m'informer subtilement de sa relation avec Denis Beaulieu. Si elle sort avec lui, il lui a forcément raconté que les robinets de l'école sont vraiment franchement poches (si j'étais vraiment bolée en français, comme le veut ma présence dans le groupe enrichi, je dirais « archaïques », mais je ne suis pas vraiment bolée, alors…).

Moi (trèèèès subtile) : À l'école, ce sont des robinets où l'eau arrête de couler toute seule après une seconde. Pour se laver les mains, il faut vraiment être patient !

Ma mère : Peut-être qu'ils ont peur que les jeunes ne ferment pas les robinets.

Moi (ironique) : Oui, c'est vrai, c'est notre genre de laisser les robinets ouverts pis de se sauver en courant, tout en se disant qu'on vient de faire un bon coup ! Tout le monde sait que laisser l'eau couler, c'est *très* délinquant.

Ce que j'ai dit a été suivi par un rire interminable de ma mère. Soit elle a vraiment un bon sens de l'humour ces temps-ci, soit je suis top drôle ! (Calibre humoriste.)

Conclusion de mon enquête : Si elle connaît tout de l'école grâce à Denis Beaulieu, elle cache vraiment bien son jeu.

20 h

Kat me téléphone, complètement paniquée.

Kat : Caprice a eu des bébés !

Moi : Hein ? Comment c'est arrivé ?

Kat : Je hais ma sœur !

Moi : C'est quoi, le rapport avec ta sœur ?

Kat : Elle a un ami qui a un hamster mâle et, sans le dire à personne, elle a organisé un rendez-vous de hamsters et il a... il a...

Moi : Quoi ? Il a quoi ?

Kat : IL A VIOLÉ CAPRICE !

Moi : L'ami de ta sœur ?

Kat : Ben non, nounoune ! Le hamster !

Moi : Je le sais, franchement ! Je te niaise ! Mais comment tu fais pour être certaine que Caprice n'était pas « consentante » ?

Kat : Parce que l'autre hamster est laid ! T'sais, le genre noir avec des taches jaunes ? C'est un *bum* ! C'est sûr qu'elle ne voulait rien savoir de lui !

Moi : Il ne faut quand même pas se fier aux apparences ! T'sais, peut-être que Caprice était très amoureuse de lui.

Kat : Je ne vois pas comment elle aurait pu être amoureuse de ce hamster... Si tu voyais les bébés ! Ils sont laids ! Et tu sais comment il s'appelle ?

Moi : Les bébés ?

Kat : Non ! Le « *chum* » de Caprice ?

Moi : Non... Je ne connais pas beaucoup de hamsters.

Kat : Bacon !

Moi : Je peux venir les voir ?

Kat : Ça ne te fait rien de savoir que Caprice a eu des bébés d'un Bacon ?

Moi: Ben… je ne trouve pas ça si pire que ça…

Kat: Pfff! c'est niaiseux comme nom! Ma sœur me frustre! Ahhhhhh!

Moi: Je peux aller voir les bébés?

Kat: Seulement demain matin parce que, demain après-midi, je vois Truch.

P.-S.: J'ai trouvé inutile de lui faire remarquer que son *chum* à elle porte volontairement le surnom Truch…

Dimanche 13 novembre

«Oooooh! Ils sont trop mignons! Ils sont vraiment trop mignons! Ils sont vraiment trop mignons!» J'ai répété ça sans arrêt tout l'avant-midi devant la cage de Caprice. Les bébés sont vraiment mignons (je le sais, je l'ai déjà dit). Kat n'a pas du tout raison de dire qu'ils sont laids! Je crois qu'elle dit ça seulement pour ne pas s'attacher, car ses parents veulent que sa sœur et elle s'en débarrassent (pas de Caprice, mais de ses bébés). D'ailleurs, Julyanne vit un drame à ce sujet. Ça fait déjà une semaine qu'elle cache les bébés. Quand elle a découvert que Caprice avait accouché, elle a mis la cage dans sa chambre pour s'en occuper. Kat, trop absorbée par sa relation avec Truch, ne s'en est pas rendu compte. Mais, hier soir, elle a voulu voir Caprice, alors elle est entrée dans la chambre de Julyanne et elle a découvert trois minuscules hamsters chauves à côté de Caprice. Paniquée, elle est allée tout répéter à ses parents. Et ceux-ci, après avoir ri un bon coup, à ce qu'il paraît, ont dit à Julyanne qu'elle ne pourrait pas les garder. Julyanne a tout essayé pour les sauver. Elle a même demandé à sa prof si elle pouvait les amener en classe. Sa prof a refusé à cause des allergies. Quel genre de *twit* est allergique à un hamster?

Midi

Ma mère : Il est hors de question qu'on ait un hamster, Aurélie !

Moi : S'il te plaît, s'il te plaît, s'il te plaît, s'il te plaît, s'il te plaît !

Ma mère : Non.

Moi : Oh ! allez ! Si tu les voyais, ils sont tellement mignooooons !

Ma mère : De toute façon, même si je voulais, je ne pourrais pas, je suis allergique !

Oups.

15 h

J'ai appelé tout le monde que je connais, y compris mes grands-parents. J'ai pensé que mon grand-père Charbonneau serait content de remplacer sa Miquette par un autre animal, mais il dit qu'elle est irremplaçable. J'ai même appelé ma grand-mère Laflamme. Elle se plaint souvent qu'elle se sent seule et qu'elle a peu de visites, mais elle déteste les hamsters (elle appelle ça «des rats», aucun rapport !). Par contre, elle semblait très contente que je l'appelle et on a parlé une demi-heure. Bien sûr, elle m'a demandé si j'avais un « petit *chum* », ce qui m'a vraiment énervée et j'ai raccroché en lui disant que j'étais lesbienne.

16 h
Ma mère est venue me demander : « C'est quoi cette histoire de lesbienne ? » Ma grand-mère venait de l'appeler, outrée (c'est son mot) par ma (fausse) sortie du garde-robe. Je me suis défendue en disant que j'étais vraiment tannée qu'elle me demande si j'avais un « petit *chum* » et que j'avais sorti ça comme ça, pour lui en boucher un coin. Elle m'a obligée à rappeler ma grand-mère pour lui dire la vérité. J'ai accepté, mais je l'ai avertie que si un jour je devenais lesbienne, elle devrait m'accepter ! Ma mère m'a dit qu'on verrait à ce moment-là, mais qu'en attendant je devais rappeler ma grand-mère.

Moi (à ma grand-mère) : Blablabla, pas lesbienne, blablabla, une blague, blablabla, fatiguée à cause de l'école, blablabla, les lesbiennes ont le droit de vivre. (C'est là que ma mère m'a arraché le téléphone des mains pour parler elle-même à ma grand-mère et s'excuser de mon « comportement ».)

16 h 05
Espèce de famille d'homophobes !

19 h 30
Personne ne veut des petits bébés hamsters. Ça me fait vraiment de la peine.

Lundi 14 novembre

Journée pédagogique.

8 h

Julyanne m'appelle.

Moi (encore endormie) : Oui, allô ?

Julyanne (des larmes dans la voix) : Aurélie… c'est Julyanne.

Moi : Julyanne ?

Julyanne : Voudrais-tu aller t'informer à l'animalerie… pour les bébés hamsters ?

Moi : Mais pourquoi ?

Julyanne : Personne ne veut y aller… Et, moi, ça me fait trop de peine.

Moi : Tes parents ?

Julyanne : Ils disent que c'est ma responsabilité. Si on ne réussit pas à les donner, mon père dit qu'il va les jeter dans les toilettes ! C'est horrible !

Moi : Je suis certaine qu'il ne ferait jamais ça ! Mais… Kat ?

Julyanne : Elle est avec Jean-David et elle dit que rien au monde, surtout pas des bébés hamsters laids, lui fera manquer sa journée avec lui.

Moi : Ouain, c'est son genre.

Julyanne : Et je n'ai pas de journée pédagogique comme vous… Kat aurait pu y aller, mais…

Moi : C'est beau, je vais y aller.

Julyanne : Oh ! merci ! Merci, merci, merci !

Moi : Julyanne, juste pour mon info personnelle… pourquoi tu n'appelles pas Jean-David « Truch » ?

Julyanne : Ha ! ha ! ha ! C'est vraiment trop con ! Ma sœur sort avec un « Truch » !

Au moins, elle, ça la fait rire.

13 h

J'arrive à l'animalerie. L'odeur est horrible. Je fais le tour. Je m'arrête dans le coin des aquariums. Ça me fait triper, de voir des poissons qui ressemblent à Dory et à Marlin dans *Finding Nemo*. Le décor de l'aquarium ressemble au film ! Je passe mon doigt sur la vitre. Ma mère ne veut pas de hamster, mais elle accepterait peut-être que j'aie un *Finding Nemo*, version *live*.

— On n'a pas le droit de toucher les vitres d'aquarium, dit une voix derrière moi.

Je me retourne et je sens le rouge me monter aux joues lorsque je vois Nicolas « Faux-Ryan ».

Moi : Ah… désolée.

Nicolas : C'est une blague, tu peux toucher la vitre.

Je le regarde un instant. Il a un tablier tout sale. C'est peut-être à cause de lui que ça pue. Mais plus il avance vers moi, plus je sens l'odeur de bon assouplissant que je sens toujours lorsqu'il est près de moi (ce qui n'est pas arrivé si souvent…).

Moi : Tu travailles ici ?

Je suis vraiment niaiseuse d'avoir posé cette question parce que c'est évident que Nicolas ne porte pas de tablier dans la vie de tous les jours et, donc, qu'il travaille ici. Il y a de ces questions, comme ça, qui n'ont vraiment pas rapport. Comme si tu demandes un mouchoir à quelqu'un parce que ton nez coule et qu'il te dit : « C'est pour te moucher ? » C'est évident, me semble ! Si nous, les êtres humains, n'avions droit qu'à, disons, cinq cents mots par vie, qu'est-ce que nous arrêterions de dire ?

Nicolas : Oui.

Moi : Ah, cool.

Nicolas : L'animalerie appartient à mon oncle… Je lave les cages. Des fois, les animaux.

Moi : Ah, cool.

Bon, j'ai dit : *si* les êtres humains n'avaient droit qu'à cinq cents mots. Je n'ai pas dit que c'était la *réalité*. Je pourrais peut-être trouver autre chose à dire.

Moi (nouvelle tentative) : Est-ce que… est-ce qu'il y a des hamsters ?

Nicolas : Tu veux un hamster ?

Moi : En fait, c'est parce que mon amie a eu des bébés hamsters. Ben, son hamster a eu des bébés parce que c'est sûr qu'elle ne pourrait pas elle-même *enfanter* des bébés hamsters. Ha ! ha ! ha ! Mais… je me demandais si vous… en achetiez… genre.

Nicolas : Oui. On les donne à manger aux serpents.

Moi : QUOI ?!?!!!!!!!!!

Soudain, un perroquet fait : « Quouaaa ? Quouaaaa ? Allô ! Tabarnak ! »

Nicolas : C'est une blague !

Moi : Le perroquet a dit : « Tabarnak. »

Nicolas : Ha ! ha ! ha ! C'est Bono.

Le perroquet : Quouaaa ? Quouaaaa ?

Moi : Bono ?

Perroquet : Allô ! Bono !

Nicolas : Mon oncle tripe sur U2. Pis son nom de famille est Bonneau.

Moi : Au perroquet ?

Nicolas : Non, à mon oncle. C'est le frère de ma mère.

Perroquet : Tabarnak !

Moi : T'as entendu ?

Nicolas : C'est mon frère qui lui a appris ça. Ne le dis pas à mon oncle ! Je peux essayer de le convaincre de prendre tes hamsters.

Moi : Le perroquet est capable de se retenir de le dire devant ton oncle ? Pis pour mes hamsters, ça va être correct. Je ne voudrais pas qu'ils finissent comme grignotines à serpents !

Nicolas : Mais non, c'était une blague, je te dis ! En passant, mon oncle sait que le perroquet dit « tabarnak », il ne sait juste pas que c'est mon frère qui le lui a appris. Hé, tu veux voir quelque chose de cool ?

Moi : OK.

Nicolas m'entraîne dans le coin des chiens et des chats. On s'arrête devant une cage avec une maman chatte et plein de mini chatons autour d'elle.

Nicolas : Je viens juste de terminer de nettoyer la cage.

Moi : Ooooooooh ! c'est les plus mignons du monde !!!!!

Nicolas : Tu peux rester ici, je vais aller parler à mon oncle pour les hamsters.

Après quelques minutes, Nicolas revient pour me dire que son oncle est d'accord : il va prendre les hamsters, mais ne les paiera pas et il promet qu'ils ne serviront pas de «grignotines à serpents». Il ajoute qu'il faut que j'attende qu'ils mangent la même bouffe que leur mère pour les apporter.

13 h 55

Je dis merci à Nicolas et, alors que je me dirige vers la porte, il me dit:

— Aurélie?

Moi (en me retournant au son du gling-gling de la porte): Oui?

Lui: Euh… Ben, tu peux revenir voir les chats si tu veux.

Moi: OK.

Je pousse la porte et j'entends Bono crier: «Bon débarras! Bon débarras!» Je me retourne vers Nicolas.

Lui: T'en fais pas! Il dit ça presque chaque fois que quelqu'un s'en va.

Moi (en me retournant encore pour partir): Ah… (Fiou, sinon, méchant malaise d'être rejetée par un perroquet.)

Lui (pas le perroquet, Nicolas): Hé, Aurélie?

Moi (encore une fausse alerte de gling-gling): Oui?

Lui: Tu ne trouves pas que Bono a le croupette toupé?

Il a *vraiment* dit «croupette toupé»!!! Et dire que tout s'était (presque) bien passé pour une fois!

16 h

J'ai appelé Julyanne pour lui dire qu'aussitôt que les hamsters arrêteraient de téter, dans environ trois semaines ou un mois, elle pourrait les apporter à l'animalerie. Elle m'a répondu qu'elle ferait tout ce que je veux pour le reste de ma vie. Hum… j'en doute. Mais ça peut être intéressant.

20 h

Pour qui il se prend, lui, de me remettre mon lapsus sur le nez?

20 h 05

«Mon lapsus sur le nez», ça sonne comme si j'avais soudainement une protubérance quelconque sur le nez et non comme si je déparlais toujours en sa présence. Phénomène qui, je dois le dire, est tout à fait paranormal compte tenu du fait que je suis une personne qui n'a pas de difficulté d'élocution, sauf dans des cas extrêmes, genre exposé oral.

Mardi 15 novembre

Pendant le cours de français, Marie-Claude nous a parlé des palindromes, des mots ou des phrases qu'on peut lire dans les deux sens, comme Laval, été, non, ici, kayak, radar, rêver, etc. Elle nous a également demandé de trouver des mots qui pouvaient faire d'autres mots, comme le poteau rose, le pot aux roses. Pour l'instant, j'ai trouvé : le récipient d'air, le récipiendaire. J'adore faire ça !

Midi

J'ai raconté mon cours de français à Kat et elle a ri de moi en me traitant de *freak*. Elle m'a dit que Truch et elle aussi s'amusent avec les mots, et elle m'a montré des lettres d'amour que Truch lui envoie. J'ai donc appris que son nom peut se transformer ainsi : Katrynou. Et il y a des variantes : Katrynette, Katrounimini et Katryminou

Moi : Tu ne trouves pas que les surnoms sont un peu... infantilisants ? (Dans ma tête, j'essayais de voir si le mot pouvait se décomposer en d'autres mots.)
Kat : Mais non !!! Moi aussi, je le fais.
J'ai donc appris (contre mon gré) que Truch a été rebaptisé : Janico-Davidounet Truchinou, Jean-Davidoumichou Truchounet et Japinodavino Truchocalinours.

Où elle va chercher ça, je ne le sais pas ! C'est vraiment les surnoms les plus stu-pi-des que j'ai entendus de ma vie ! Et ça fait perdre un temps fou de les dire.

Je pense que l'amour est surestimé. Même le mot est plate ! Il n'est nullement un palindrome ni même un mot décomposable.

P.-S. : C'est vrai que je suis *freak* !

P.-S. n° 2 : Ne le dire à personne pour ne pas passer pour une *nerd* ou quelque chose du genre, question de continuer à avoir une vie sociale.

Mercredi 16 novembre

J'ai vu Denis Beaulieu parler à Marie-Claude d'un peu trop près… J'espère qu'il n'est pas en train de tromper ma mère ! J'avoue que leur relation ne m'enchante pas plus que de voir des araignées géantes surgir d'en dessous de mon lit, mais je préfère encore qu'ils sortent ensemble plutôt que de voir Denis tromper ma mère avec la prof de français.

9 h 43

Kat pense que je suis complètement parano au sujet de ma mère et ne me comprend pas du tout. Je n'ai pas osé lui rappeler qu'elle a capoté solide quand elle a su que son hamster avait une vie sexuelle ! Alors, imagine si ç'avait été sa mère ! Je pense que Kat est très peu capable de se mettre dans la peau des autres. Il faut dire que se mettre dans la peau des autres, c'est littéralement impossible, à moins que ce ne soit dans de la peau d'animal, si on n'est pas antifourrure. Je veux dire : se mettre dans la peau des autres, en ayant une certaine sensibilité humaine, pour ressentir ce que ses amies vivent. Si ça me dérange que ma mère sorte avec mon directeur, ce sont mes affaires !

155

Et je redoute solide le jour où elle me dira: «Aurélie, ce soir, Denismichou vient souper à la maison.» Parce que ç' a l'air que n'importe qui tripant sur une autre personne lui donne des petits noms doux complètement ridicules!

Bref, quand j'ai dit à Kat que Denis Beaulieu trompait peut-être ma mère, elle n'a été d'aucune aide.

Kat: Je croyais que tu ne voulais pas qu'ils sortent ensemble!

Moi: Oui, mais je ne veux pas qu'il la trompe non plus.

Kat: Tu n'es même pas sûre à cent pour cent qu'il sort avec ta mère!

Moi: Ça se pourrait...

Kat: Mais tu n'es pas sûre!

Moi: Oui, mais ça se pourrait!

Kat: MAIS TU N'ES PAS SÛRE! Pourquoi tu ne lui demandes pas directement?

Moi: Quoi?!? Des plans pour que je sois en retenue jusqu'à la fin de l'année!

Kat: Non... À ta mère!

Moi: Ces temps-ci, elle capote un peu moins ménage... On est plus proches. Je ne voudrais pas... tout gâcher.

Kat: Je comprends.

La cloche du cours sonne. Kat et moi prenons place dans la classe de maths.

Kat: Tu sais qui est la nouvelle idole de ma sœur?

Moi: Euh... Avril Lavigne?

Kat: Non, toi.

Moi: Moi? Me semble qu'Avril Lavigne est quand même plus cool! Surtout sa chanson

Na na na Skater boy, minimiminimini, he wanna nwot an œuf fow lolalala!

Kat: Au, il faut vraiment que tu travailles ton anglais.

Pendant mon imitation (ratée, apparemment) d'Avril Lavigne, les autres filles de la classe ont arrêté de parler et Jocelyne a dit:

— Heille, Britney Spears, tu veux faire des maths ou t'inscrire à *Star Académie?*

C'est sûr que si on me donnait le choix et que j'avais *vraiment* du talent, je choisirais *Star Académie*, mais j'ai dit «des maths» à contrecœur, je me suis écrasée sur ma chaise et je me suis retournée vers Kat qui se retenait tellement de rire qu'elle était toute rouge et que des larmes lui coulaient des yeux.

21 h 30
J'ai vérifié s'il y avait des araignées géantes sous mon lit, juste au cas...

Vendredi 18 novembre

Kat est un peu triste parce que Truch ne peut (veut?) pas la voir. On s'est obstinées longtemps au sujet de «peut» ou «veut». Il n'y a qu'une lettre différente, mais ça change tout.

Explication de Truch: Il veut voir ses amis. Il paraît que, depuis les dernières semaines, lui et Kat sont toujours collés l'un sur l'autre et qu'il est en manque de liberté. Je pense que les amis de Truch ont beaucoup plus de courage que moi. Le courage de lui avoir dit : « Hé, *man*, on ne te voit plus ! » Remarque que, dans le cas de Kat, je n'aurais jamais dit : « Hé, *man* ! » Je n'aurais même pas dit : « Hé, *girl* » ou : « Hé, n'importe quoi » parce que ce n'est pas mon genre de dire ça. Sauf que, effectivement, si une de nos règles était de ne jamais se laisser séparer par un gars, Kat ne l'a pas vraiment suivie et, depuis qu'elle sort avec lui, j'ai l'impression que c'est la seule chose qui occupe son esprit. (On dirait même qu'elle ne pense plus une seconde à David Desrosiers.)

19 h

On a mangé une tonne de Nibs ! Et on a commencé à sauter sur mon lit en faisant du *air guitar* sur des chansons de Simple Plan. Kat a même recommencé à fantasmer sur David Desrosiers. Vive les Nibs ! Ma mère est venue voir ce qu'on faisait et quand elle nous a vues sauter sur mon lit, elle a dit qu'on pouvait le briser. Ah ! poche ! Pour une fois qu'on avait du *fun* !

Quand ma mère est ressortie de la chambre, Kat m'a dit que je devrais vraiment lui parler de mes inquiétudes au sujet de sa relation avec D. B.

Kat s'est assise sur mon lit et elle m'a regardée longuement. J'ai pensé qu'elle avait un *down* de sucre, mais elle a commencé à parler sérieusement.

Kat : Sérieux, c'est quoi, ton bogue avec ta mère ?

Moi : Tu ne comprends rien !

Kat : Qu'est-ce que je ne comprends pas ?

Moi : Je veux qu'elle soit heureuse, mais…

Kat : Mais quoi ?

Moi : J'ai peur que…

Kat : Que quoi ?

Moi : Coudonc, vas-tu me laisser parler ?

Kat : 'Scuse.

Moi : J'ai peur que ça fasse disparaître… mon père… genre.

Kat : Hein ?

Moi : Tu sais, quelques mois après sa mort, elle m'a laissé une photo et elle a caché toutes les autres…

Kat : Elle les a cachées ou rangées ?

Moi : C'est pareil !

Kat : Non ! Moi, je pense que quand quelqu'un meurt, il faut passer à autre chose, continuer à vivre.

Moi : Qu'est-ce que t'en sais ? Tu n'as vécu qu'une mort, celle de ton poisson rouge !

Kat : Oooooh ! Plouchy ! Je m'ennuie tellement de lui ! Je me demande encore pourquoi il a sauté en dehors de son bocal. Maudit niaiseux de poisson rouge suicidaire ! Et Caprice est une dépravée sexuelle ! Ha ! ha ! ha ! ha ! ha !

Moi : Ha ! ha ! ha !

Kat : T'sais, c'est peut-être vrai que je n'ai pas une grande expertise dans le domaine, mais t'à coup que ta mère devienne heureuse et que le fait qu'elle se sente bien fasse qu'elle soit encore plus capable de parler de ton père… Ça lui donnerait encore plus de place, genre.

Moi : Kat !

Kat : Quoi ?

Moi : Comment t'as fait pour penser à ça ?

Kat : Bof… j'ai regardé des tonnes de télé-romans ! Hé ! tu veux qu'on appelle ton père avec Ouija et qu'on lui demande s'il est d'accord pour que ta mère se fasse un *chum* ?

Moi : Non, ça va être correct.

Kat : Peureuse !

Moi : En passant… pourquoi tu l'as appelé Plouchy ?

Kat : Ben… « plouch » dans l'eau !

Moi : Ce n'est pas « splouch », l'onomatopée ? Ou « splash » ?

Kat : Oh, toi pis tes mots à cent piastres ! Hé ! on appelle Plouchy, d'abord ! On lui demande pourquoi il s'est suicidé !

20 h

On n'a pas joué au Ouija (fiou) et on a trouvé un article dans le *Miss* intitulé « Comment le décoder ? ».

On a appris que, quand un gars se passe la main dans les cheveux, ça veut dire qu'il est timide ; quand il parle avec les mains dans les poches, il veut cacher quelque chose ; quand il se touche le nez avec l'index, ça veut dire que c'est un gars réfléchi, mais s'il se gratte le nez, il est menteur.

Kat : Mais… s'il se gratte le nez avec l'index ?

Moi : Ça veut peut-être dire que c'est un menteur, mais qu'il a pensé à son mensonge avant de le dire… Donc, c'est un menteur intelligent.

20 h 17

Kat a une illumination. Elle dit que lorsque Truch lui a dit qu'il préférait ne pas la voir

160

parce que ses amis lui avaient reproché de ne plus passer beaucoup de temps avec eux, il avait les mains dans les poches et, ensuite, il s'est gratté le nez.

Conclusion de Kat, inspirée par le *Miss*: il est amoureux d'une autre fille. (Sauf qu'en aucun cas, dans le magazine, on ne dit que tel signe veut dire qu'un gars est amoureux d'une autre fille.)

21 h 34

Kat est repartie de chez moi déconfite. Je ne sais pas si c'est à cause d'une indigestion, vu le nombre abusif de Nibs qu'on a mangés, ou parce qu'elle croit vraiment que Truch veut casser. C'est peut-être aussi le souvenir de Plouchy… (Ouain, me semble!)

Samedi 19 novembre

Horreur et consternation: ma mère porte des strings! Je l'ai découvert en faisant le ménage.

Denis Beaulieu ne veut pas que les filles en portent à l'école. (Il y a des filles de cinquième secondaire qui, au début de l'année, pour se démarquer, faisaient ressortir les bords de leur string de leur jupe. Personnellement, je trouvais que ç'avait l'air de couper leur circulation sanguine.) Mais il oblige ma mère à en porter!

Franchement, je ne comprends rien à l'amour! Tout le monde tripe là-dessus. L'autre jour, j'ai entendu Justine Simard dire qu'elle était au régime parce qu'elle ne pognait plus avec les gars. Elle a dit vouloir supprimer tout le sucre de son alimentation. Franchement, à choisir entre un *chum* ou des Nibs ou encore des jujubes, je choisirais les bonbons, c'est sûr !

Je ne vois pas pourquoi on voudrait vivre quelque chose qui nous transforme soudainement en une autre personne tout à fait étrange !

J'aurais préféré ne jamais découvrir que ma mère porte des strings. Je pense que ça peut me causer un traumatisme.

19 h

J'ai appelé Kat pour qu'elle aille regarder quel genre de bobettes portait sa mère et, après un espionnage digne de Ninja, elle m'a rappelée pour me confirmer que sa mère portait des bobettes grandes comme des montgolfières, zéro *sexy*. C'est ce que je pensais.

20 h

J'ai passé ma soirée à faire des recherches sur Internet pour trouver une méthode de sublimation d'événements traumatisants. Il paraît que l'hypnose pourrait m'aider.

21 h

J'ai essayé de m'autohypnotiser, mais c'était tellement ennuyant que je me suis endormie.

21 h 15

Je me suis dit que je m'étais peut-être endormie *parce que* je m'étais autohypnotisée, alors je suis allée voir ma mère pour lui demander si j'avais fait quelque chose d'étrange dans la dernière heure, genre imiter le cri de la poule, et elle m'a dit et je cite : « Tu n'as rien fait de bizarre dans la dernière heure, mais tu es bizarre *en ce moment.* » J'ai failli répliquer : « Pas aussi bizarre que de porter des strings ! », mais je me suis abstenue, je préfère garder l'affaire des strings pour le jour où j'aurai *vraiment* besoin d'un argument solide.

Dimanche 20 novembre

Il paraît que Truch avait les mains dans les poches en parlant à Kat parce qu'il cachait un cadeau qu'il voulait lui donner. Donc, ça prouve la théorie selon laquelle se gratter le nez est un signe de mensonge, car il lui mentait sur le fait qu'il avait un cadeau pour elle. Hypothèse : il se peut que Kat lui ait parlé de l'article, qu'elle lui ait parlé des comportements qui en disent long sur ce que pense une personne et qu'il se soit senti tellement mal qu'il a inventé qu'il avait un cadeau pour elle et ça confirme le fait qu'il est un gros menteur puant ! (Le « puant » est totalement gratuit.)

Le cadeau de Truch à Kat : Un petit ourson (laid) avec un t-shirt sur lequel il est écrit : « I cœur you ». Le cœur est dessiné, mais c'est ce que ça veut dire littéralement. Et ça ne veut rien dire, « I cœur you » ! C'est totalement dépourvu de sens syntaxique ! Si Kat et Truch étaient en français enrichi, ils sauraient ce que c'est, un vrai sens syntaxique, et sauraient que la phrase « mon cœur bat pour toi » est correcte syntaxiquement parlant, mais que « je te cœur » ne veut absolument rien dire !

Constatation : L'amour rend les gens quétaines, différents et retardés !

Lundi 21 novembre

J'ai toujours détesté l'école. Et c'est aujourd'hui que c'est absolument confirmé. Je m'en rends vraiment compte parce que, ayant été pigée pour être la première à présenter mon exposé oral, je suis devant toute la classe, une feuille entre les mains et les jambes tremblotantes.

31 août, neuf ans plus tôt

C'était ma première journée à l'école maternelle. Avant que je commence l'école, c'est ma grand-mère Charbonneau qui me gardait, alors je n'avais pas vraiment les habitudes « sociales » des autres enfants qui avaient été élevés dans une garderie.

Quand je suis arrivée à l'école, j'étais, disons, assez timide. Mes parents m'ont tous les deux accompagnée et je me suis tout de suite dirigée vers des jeux que je n'avais jamais vus de ma vie. Mais la maternelle m'a vite ennuyée.

Ça ne faisait pas deux semaines qu'on était là que l'éducatrice nous a demandé de prendre un catalogue et de découper tout ce qu'on voyait de jaune. J'ai laissé le catalogue pour aller jouer à d'autres jeux, plus intéressants (selon mes goûts personnels).

L'éducatrice est venue me voir et m'a demandé pourquoi je ne découpais pas les éléments jaunes dans le catalogue et je lui ai répondu : « Parce que ça ne sert à rien. » Ce qui me semblait évident, même à cinq ans.

J'ai eu une très mauvaise note pour mon comportement. Toute l'année ! En fait, le « comportement » a toujours été ma note la plus faible…

Retour au lundi
21 novembre

Je suis dos au tableau, face à la classe. Je ne suis pas capable d'empêcher mes jambes de trembler. Je n'entends que le « bzzzzz » émis par les néons de la classe. Parlant de néons, quelle forme d'éclairage poche! Oups. Focus.

Marie-Claude : Aurélie… quand tu veux!

J'aimerais répondre que, justement, je ne veux pas. Je ne veux pas faire mon exposé oral. Je n'ai aucune amie dans la classe enrichie! Si Kat était là, au moins, je pourrais la regarder.

Je dois faire un exposé sur Saturne. J'ai choisi ce sujet en raison de ma nouvelle fascination pour les confins de l'univers. Et, puisqu'elle était dans mon signe astrologique le mois dernier, ce qui m'a causé, disons, divers soucis (selon Kat et ses croyances), je voulais en savoir plus sur cette planète. (Mais je ne dirai pas ça dans mon exposé, j'aurais l'air de croire aux phénomènes surnaturels.)

Hier soir, ma mère m'a dit d'imaginer tout le monde en bobettes. J'ai été étonnée qu'elle parle de bobettes, mais je ne lui ai pas avoué que j'avais découvert sa nouvelle passion pour les petits dessous *sexy*. Ah! merde! non seulement je n'arrive pas à imaginer les gens de la classe en bobettes, mais, maintenant, j'imagine ma mère en string!

OK, je me lance, 3, 2, 1…

Moi : Euhm… je vais vous parler d'une planète. Euh… c'est Saturne. Fait que… Saturne est la sixième planète du Soleil. On peut s'en souvenir facilement grâce à la phrase : « Mon vieux, tu m'as jetée sur une nouvelle planète. » On prend chaque première lettre et c'est un aide-mémoire pour chaque planète du système solaire. Genre « m » pour Mercure, « v » pour Vénus, « t » pour Terre, l'autre « m » pour Mars, « j » pour Jupiter, « s » pour Saturne, mon sujet, pis nanana. En tout cas. Ben, vous devez le savoir… vu qu'on l'avait appris en secondaire un, mais… bon, je ne sais pas pourquoi je répète ça… euh… en tout cas, c'est la deuxième plus grosse planète du système solaire. Ça, il n'y a vraiment pas de truc pour le retenir, ha! ha!

Dans mes pensées: J'imagine que je suis dans un vaisseau spatial et que j'explose. Patowf!

Je continue: Euh… en tout cas… euh… (je regarde ma feuille de notes) Galilée fut le premier à l'observer à travers un télescope en… euh… (je regarde sur ma feuille) 1610. (Je ne sais pas du tout pourquoi j'utilise le passé simple ni pourquoi je parle avec un petit accent français.) C'est une planète qui fut, euh… qui a… longtemps été incomprise, à cause des anneaux, ben de ses anneaux. (Je crois que le passé simple arrive dans ma bouche pour les bouts que j'ai trop appris par cœur.) Tout le monde pensait que Saturne était… ben… la seule planète à en avoir, mais, là, il y a eu d'autres recherches, nanana, pis là, en 1977, un mince anneau fut découvert autour d'Uranus et un peu plus tard de (je regarde ma feuille) Jupiter et (je regarde de nouveau) de Neptune.

Ah, pis… euh… en conclusion, Saturne était en Cancer en octobre et ç'a causé toute une commotion pour les natifs de ce signe.

Dans mes pensées: J'imagine que je suis Plouchy et que je saute hors de mon bocal. Wouaaah! Pouf!

16 h

Je suis dans ma chambre, sous mes couvertures, cachée du reste du monde. Je me demande s'il y a d'autres personnes dans le monde qui ont été humiliées publiquement aujourd'hui. Quand je répétais mon exposé oral devant ma mère, tout se passait super-bien, mais, devant les bolées en français, ça n'a pas fonctionné du tout. Et c'était quoi, cet accent français de film doublé poche que j'ai utilisé ? Rapport ????!!!!????? Je suis comme Saturne, sauf que moi, mes anneaux, ils sont dans mon cerveau !

19 h

Ma mère m'a demandé comment s'était passé mon exposé oral. Je lui ai répondu que j'avais imaginé tout le monde avec SES bobettes ! Non, ce n'est pas vrai, j'ai répondu que ç'avait mal été et que c'était sûr que j'allais couler.

Mardi 22 novembre

Wouhou ! c'est la première neige ! Il était temps, car ça faisait bizarre de voir des décorations de Noël un peu partout. D'ailleurs, année après année, les décorations de Noël arrivent toujours un peu plus tôt. Comme si les organisateurs de Noël avaient peur qu'on oublie de fêter ou je ne sais pas trop.

Ou peut-être que le père Noël est rendu tellement obèse, à cause de tous ces biscuits que les gens lui laissent, qu'il est obligé de commencer sa tournée plus tôt vu qu'il a de la difficulté à entrer dans les cheminées.

Bon, ce que je viens de dire est une totale divagation, car je sais très bien que le père Noël n'existe pas. Je le sais depuis que j'ai sept ans. Quand j'avais découvert que c'était mon père qui se déguisait en père Noël, j'avais trouvé mes parents tellement bizarres de m'avoir fait croire à ça! Non, mais c'est vrai! C'est quoi le but de faire croire que c'est un gros bonhomme rouge qui habite l'autre bout du monde qui apporte des cadeaux? Je n'ai jamais compris. Et, ce jour-là, non seulement j'ai arrêté de croire au père Noël, mais j'ai même perdu un peu de respect pour mes parents. Un peu de confiance aussi. Je me suis mise à me méfier de tout ce qu'ils disaient. Je me suis dit que s'ils étaient capables de mentir sur une chose aussi ridicule que le père Noël, qu'est-ce qu'ils pouvaient me cacher sur des sujets plus importants?

8 h 55

Grosse discussion autour de notre uniforme scolaire. D'ailleurs, c'est toujours au début de l'hiver que ça se complique. Bon, je dis «toujours», mais ce n'est que la deuxième année que ça arrive, alors mon opinion ne se base que sur l'an dernier quand, au début de l'hiver, la plupart des filles ont commencé à chialer contre l'uniforme. Et, habituellement, il y a une autre vague de protestations vers la fin de l'année. À l'automne, c'est correct. Mais, en hiver, se promener avec une jupe, c'est assez froid pour les jambes. Et, en été, une jupe de style kilt écossais, c'est trop chaud. Cette fois-ci, ce sont des filles de cinquième secondaire qui ont préparé une pétition qu'elles ont remise à Denis Beaulieu, signée par plusieurs filles de l'école, pour demander qu'il n'y ait plus d'uniforme scolaire obligatoire. De quoi elles se mêlent, les filles de cinquième ? Elles ne seront plus jamais à l'école à partir de l'an prochain ! Leur argument majeur : l'uniforme les empêche d'exprimer leur personnalité. Quel argument poche ! Bart Simpson est habillé pareil depuis trois cent cinquante épisodes et je ne trouve pas que ça change sa personnalité ! Même chose pour le père Noël !

10 h 50

Cours de français.

Kat était totalement dans sa bulle pendant le cours de maths. Depuis qu'elle sort avec Truch, elle arbore un sourire niais tous les jours. Je voulais lui envoyer un mot pour lui demander ce que Truch avait fait de si spécial pour la mettre dans cet état aujourd'hui (je me demandais comment il pouvait être plus quétaine qu'avec son nounours antisyntaxique), mais Jocelyne est tellement sur notre dos ces temps-ci que je n'ai pas osé le faire. Et, pendant la pause, on a été happées par la horde de filles de cinquième qui voulaient nous faire signer leur pétition anti-uniforme. Mon analogie avec Bart Simpson n'a eu aucun succès. Et j'ai dû vite entrer dans la classe de français.

10 h 55

Marie-Claude : OK, silence tout le monde. Vous parlerez de votre uniforme pendant l'heure du dîner. Je suppose que vous êtes curieuses de voir les notes de vos exposés oraux ?

Et blablabla, jusqu'à ce qu'on sache que Justine avait été la meilleure, avec son exposé sur la fabrication du miel (sujet top anodin !). Sauf qu'elle s'était mis un chapeau d'apiculteur et qu'elle avait fait tout un spectacle ! Si ce sont des comédiennes qu'ils recherchent pour les exposés oraux, qu'ils le disent !

Ma note : 74 % (Fiou ! au moins, je suis passée !)

Sujet : 10/10

Exploitation du sujet : 8/10

Plan : 6/10

Recherche d'information : 7/10

Présentation : 6/10

17 h

Quelle journée !

Après le cours de français, Marie-Claude m'a dit qu'elle voulait me parler. Avant qu'elle m'attrape, j'avais presque atteint la porte de la classe et j'ai vu Kat. Je lui ai fait signe de m'attendre une minute, mais elle ne m'a pas vue. (Elle devait penser à Truch ou à son nounours antisyntaxique.)

Marie-Claude m'a fait un long discours sur le fait que mes notes étaient vraiment basses comparativement au reste du groupe d'enrichi. Qu'elle attendait plus de moi. Une élève en enrichi devrait avoir un minimum de 85 %. Ce à quoi je lui ai répondu :

— Toi, Marie-Claude, te souviens-tu de la note d'exposé oral que tu as eue en secondaire trois?

— Hum… non, pourquoi?

— Moi aussi, j'ai l'intention de l'oublier.

Je croyais qu'elle allait m'envoyer voir le directeur (habituellement, c'est le genre de spontanéité qui me coûte cher), mais elle ne l'a pas fait. Elle m'a plutôt demandé si je me sentais à ma place dans la classe d'enrichi, si je n'aimerais pas mieux être dans un autre groupe, où je me sentirais à l'aise. Ç'a piqué mon orgueil et j'ai dit non. Mais, en réalité, ça m'a fait sentir rejet.

Après ça, je suis allée aux toilettes et j'ai vu Kat avec Justine et Marilou. Toutes les trois parlaient de la première fois qu'elles ont embrassé leur *chum*. Kat m'a sauté dessus pour savoir si j'avais eu une bonne note pour mon exposé et j'ai répondu: «Pas pire.» Et elle a dit: «Je le savais, que tu t'inquiétais pour rien.» Justine a répliqué qu'elle avait eu un A, ce que je savais déjà, et m'a demandé comment, moi, j'avais trouvé ça, la première fois que j'avais embrassé un gars. Je sais qu'elle a dit ça pour m'intégrer à la conversation, ce qui devrait me faire croire que Justine est charmante, mais j'en suis venue à penser qu'elle m'a posé cette question juste pour me faire sentir que j'étais la seule fille de la salle de bain à ne pas avoir de *chum* et à n'avoir jamais embrassé quelqu'un. J'ai donc réfléchi très vite, j'ai pensé à Daniel Radcliffe et aux fois que j'avais embrassé sa face en deux dimensions sur l'affiche de *Harry*

Potter et la coupe de feu, et j'ai dit : « Le dernier gars que j'ai embrassé était… assez froid. Pas un très bon embrasseur. »

Quand on est sorties des toilettes, Kat m'a demandé qui était mon ex-*chum* et je lui ai dit que c'était l'affiche de Daniel Radcliffe. J'ai pensé qu'elle allait s'étouffer, tellement elle riait. Je l'ai remerciée de n'avoir rien dit devant les filles. Ç'aurait tout gâché si Kat avait lancé : « Hein, t'as jamais eu de *chum* ???????!!!!!! » Elle m'a dit, et je cite : « Je ne ferais jamais ça à ma meilleure amie ! »

Constatation : Le fait de parler de *french* dans les toilettes ne fait pas de quelqu'un une amie, ça fait juste une personne avec qui partager une expérience.

Constatation n° 2 : Ça ne me fera pas non plus changer d'avis sur le fait que l'amour fait ramollir le cerveau et qu'ayant quelques difficultés scolaires ces temps-ci, j'ai besoin de toutes mes capacités cérébrales intactes.

Constatation n° 3 : Quand tu es dans un groupe enrichi, les élèves des autres classes te regardent avec un certain dédain. On te qualifie de *nerd*, de bolée ou de tous les mots de ce genre qui ont l'air insultants, mais qui, dans le fond, sont des compliments déguisés en insultes, puisque si on traduit, ça veut dire « personne à l'intelligence supérieure ». Mais si tu es dans un groupe enrichi, et que tu es la plus poche de la classe, les « personnes à intelligence supérieure » te regardent comme si tu n'étais pas digne de faire partie de leur groupe. Résultat? Tu n'as ta place nulle part.

Constatation n° 4: Comme j'ai fait plusieurs apprentissages/constatations dans ma journée, je vais pouvoir appliquer la phrase: «Je vais me coucher moins niaiseuse ce soir», donc augmenter mon Q.I., donc peut-être pouvoir améliorer mes notes. *Yes!*

À l'agenda: Faire plus de constatations par jour pour augmenter mon Q.I.

Jeudi 24 novembre

Après l'école, je suis allée voir les bébés hamsters. Ils sont super-*cutes*! Julyanne leur a donné des noms. Je lui ai demandé comment elle avait fait pour connaître leur sexe. Elle a dit qu'elle ne les avait pas retournés pour vérifier, mais qu'elle s'était fiée à leur face. Quand elle a dit ça, Kat a levé les yeux au ciel.

Le plus laid, celui qui ressemble à son père, à ce qu'il paraît, s'appelle Bacon junior. Celle qui ressemble à Caprice s'appelle Buffy, et l'autre, qui ressemble un peu à un mélange des deux, s'appelle Bono, nom trouvé par leur père parce qu'il tripe sur U2 et parce que ça faisait trois noms commençant par «b».

Moi: Hé!!! je connais un Bono!

Kat: Hein? Qui?

Moi : C'est un perroquet ! Il dit : « Tabarnak. » C'est le frère de Nicolas qui lui a appris à dire ça, mais c'est son oncle qui lui a donné le nom.

Kat : Le frère de Nicolas ? Nicolas, Nicolas-Faux-Ryan ?

Moi : Euh… oui.

Kat : Tu l'as revu ?

Julyanne : C'est qui, lui ?

Kat et moi : Personne !

Kat : Tu lui as parlé ?

Moi : Oui. C'est lui qui m'a aidée… pour les bébés hamsters.

Julyanne : Ce n'est pas « personne », d'abord !

Kat : Pourquoi tu ne m'en as pas parlé !

Julyanne : De toute façon, si elle t'en avait parlé, tu ne t'en serais pas souvenue ! Tout ce qui compte, c'est Truch !

J'avoue que Julyanne m'a enlevé les mots de la bouche, même si je n'aurais jamais dit *exactement* ces mots-là.

Kat : Je m'en serais souvenue, franchement, je ne suis pas amnésique, quand même !

Moi : Je n'ai pas eu le temps…

Julyanne : Parce que tu parles tout le temps de ton super-*chum* !

Kat : C'est vrai qu'il est super !

Julyanne et moi nous sommes regardées du coin de l'œil et avec un sourire complice.

Moi : Sérieux, je ne t'en ai pas parlé parce qu'il n'y a rien à raconter.

Kat : La prochaine fois, je veux y aller avec toi.

Julyanne : Tu veux y aller avec elle, même pas à cause des hamsters, c'est juste parce que tu t'intéresses à l'amour.

Kat : Les bébés hamsters sont nés parce que tu t'intéressais à l'amour… entre hamsters ! Moi, au moins, je m'intéresse à l'amour entre HUMAINS !

Le téléphone sonne. Julyanne répond et passe le téléphone à Kat en disant : « C'est luiiiiiiiii », comme si elle imitait sa sœur.

Kat : Allô, Truchouminou !

Julyanne et moi nous regardons en levant les yeux au ciel.

Kat : Non, tu ne me déranges pas, je suis avec ma sœur et Aurélie.

Julyanne et moi nous regardons de nouveau et nous avons la même pensée : nous nous sentons invisibles et inutiles !

Kat : Oh ! moi aussi, je m'ennuie ! OK, on se voit plus tard. Bye, mon amour ! Non, toi, raccroche ! Non, toi en premier ! Toi ! Raccroche, là ! Non, je ne veux pas raccrocher ! Non, toi, raccroche ! Toiiiiiiii ! Toi !!!!!!! Raccroche, s'il te plaît ! Moi, je ne suis pas capable ! Non, toi ! Non, toi ! Raccroche !

Julyanne : RACCROCHE !!!!!!!!!!!!

Kat : Je te laisse pour de vrai, il faut que je me batte avec ma sœur. Bye ! Moi aussi. Bye pour de vrai, là. Bye !

Moi : Ouain, je te dis que vous avez des conversations… profondes.

Julyanne : C'est tout le temps comme ça ! Je ne suis plus capable !

Kat : Écoute-moi ben, toi ! T'as rien qu'à ne pas nous suivre tout le temps, pis t'auras pas besoin de m'entendre. Trouve-toi tes propres amies !

Julyanne m'a regardée et est partie.

Moi : Tu n'as pas été un peu dure avec elle ?

Kat : Oh ! elle m'énerve des fois !

Moi : Elle est cool, ta sœur !

Kat : On arrête de parler de ça. On parle de Nicolas ! Hé ! wouhou ! il tripe sur toi, c'est clair ! On va pouvoir chacune avoir un *chum* et faire des sorties à quatre ! Wouhou !

Moi : Il ne tripe pas sur moi et, moi, je ne tripe pas sur lui. Ça adonne juste que je le croise des fois.

Kat : Et que tu deviens complètement bizarre en sa présence.

Moi : Bon, ça, c'étaient juste des coïncidences, comme on peut dire, parce que, la dernière fois, j'étais normale. Presque.

Ça m'a pris au moins une heure pour la convaincre qu'il y aurait une pluie de fourmis avant que je sorte avec Nicolas ! Et on a commencé à divaguer sur les fourmis. Et ça nous donnait des frissons d'effroi, de penser que plein de fourmis pourraient tomber du ciel. Brrrrrr ! j'ai plein de convulsions rien que d'y penser ! On a remarqué que Julyanne nous espionnait quand on a reçu un tas de graines noires sur nous, qu'on a bondi en criant et qu'on a par la suite découvert que c'étaient des raisins secs et qu'on a entendu un rire. Kat a sauté sur sa sœur qui s'est sauvée en hurlant : « Papaaaaaaaaaa ! »

Vendredi 25 novembre

Les parents de Kat ont décidé de sortir pour fêter leur ixième année de vie commune. Ils ont demandé à Kat de garder sa sœur et elle en a profité pour nous inviter, Truch et moi, à passer la soirée chez elle. S'appuyant sur le fait que sa sœur devait la garder, Julyanne a menacé de tout répéter à leurs parents si elle la maltraitait.

Truch a trouvé les bébés hamsters très laids, ce qui n'a pas aidé sa cause auprès de Julyanne.

Il a commencé à exposer une théorie selon laquelle il y a des gens «chiens» et des gens «chats», mais qu'on ne peut pas être les deux. Je lui ai lancé: «Pourquoi il y a des gens qui ont un chien et un chat, d'abord?» Il a été vraiment bouche bée. Julyanne lui a demandé s'il trouvait que Kat était du type «hamster», vu que tel est son animal de compagnie, ce qui m'a fait rire dans ma barbe (même si je n'ai pas de barbe) et qui a fait rougir Kat, qui a essayé tant bien que mal de changer de sujet. Alors, Truch a continué de parler, parler, parler. C'était théorie après théorie. J'ai commencé à cogner des clous (parce que sa voix est vraiment monocorde, qu'il a un débit lent et que ses pseudo-théories sont ennuyantes, selon mes goûts) quand il nous a expliqué pourquoi les films japonais étaient meilleurs que tout autre film venant de n'importe quel autre pays, mais j'ai été rapidement réveillée par Julyanne qui lui a enfoncé un biscuit soda dans la bouche! Kat, qui ne l'avait pas vue venir parce qu'elle était trop absorbée par le discours de son *chum*, a dit : « Je vais le dire à maman, que t'as fait ça, il aurait pu s'étouffer ! » Et Julyanne a répondu : « Je vais le dire à maman, que t'as invité ton *chum* pendant que tu me gardais. »

La guerre est maintenant déclarée entre Kat et sa sœur.

P.-S. : Je n'ai pas tenu à spécifier à Kat que j'aurais aimé avoir la même idée que Julyanne, mais une heure avant.

Lundi 28 novembre

Le mois de novembre me déprime solide. La neige qui était tombée l'autre jour a complètement disparu et il fait seulement gris. Au moins, l'hiver, quand il fait gris, il y a de la neige, alors, même si c'est déprimant, c'est quand même un tout petit peu plus joyeux.

Les profs commencent à être stressés pour les examens de décembre et passent leur matière super-vite. Comme si on avait niaisé depuis le début de l'année et qu'il était temps de travailler.

9 h 45

Toutes les élèves de l'école ont été convoquées à l'auditorium. (Kat et moi étions contentes de manquer notre cours de maths !) Denis

Beaulieu a organisé aujourd'hui une séance d'information sur un organisme bénévole d'aide téléphonique pour les jeunes. Les gens de *On t'écoute* sont venus nous donner des dépliants et nous expliquer que, lorsqu'on ressent le besoin de se confier, on peut les appeler gratuitement.

J'ai lu le dépliant. Il y avait plein de dessins vivants et ensoleillés ainsi que des petites phrases du genre :

« Tu te sens comme le dindon de la farce ? Appelle-nous, *on t'écoute* ! » Et le dessin montrait un visage de jeune sur un corps de dinde. Un peu dégueu.

« Tu te sens pris en sandwich ? Appelle-nous, *on t'écoute* ! » L'image représentait un jeune entre deux tranches de pain.

« Tu ne te sens pas comme un poisson dans l'eau ? Appelle-nous, *on t'écoute* ! » Et on voyait une face de jeune sur un poisson qui saute hors de son bocal.

Kat, qui regardait aussi le dépliant, m'a fait remarquer que ça ressemblait à Plouchy et on a éclaté de rire en silence, mais Denis Beaulieu nous a vues. J'ai failli lever ma main pour demander : « Est-ce qu'on peut appeler quand notre mère sort avec notre directeur ? », mais je me suis abstenue.

En tournant les pages du dépliant, j'ai vu :

« Tu te sens comme un extraterrestre ? Appelle-nous, *on t'écoute* ! »

J'ai arrêté de rire d'un coup et je me suis sentie m'enfoncer dans le siège inconfortable de l'auditorium.

20 h

Ça fait six fois que je compose le numéro de *On t'écoute* et que je raccroche.

C'est à la septième que je réussis.

Bénévole On t'écoute (avec une voix gentille) : *On t'écoute*, bonjour !

Moi : Euh… oui, je m'appelle Aur…

Bot'é : Tu peux rester anonyme.

Moi : Ah, euh… ben, je m'appelle Aur… e, Aure.

Bot'é : On t'écoute !

Moi : Je suis une extraterrestre !

Bot'é : Tu veux dire que tu te sens différente des autres…

Moi : Ben oui, ça, mais je pense que je suis *vraiment* une extraterrestre.

Bot'é : Pourquoi ?

Moi : J'ai accumulé quelques preuves. 1) Je n'ai pas d'idole. J'aime bien Daniel Radcliffe, mais c'est juste parce que je le trouve beau et que, vu que je n'ai jamais embrassé personne, je m'entraîne des fois avec lui ; tiens d'ailleurs 2) je m'entraîne à embrasser avec une affiche de star de cinéma ou mon bras, alors que toutes les filles de mon âge ont déjà embrassé quelqu'un ; 3) impossible que je tombe un jour amoureuse, ça ramollit le cerveau et ça ne m'intéresse vraiment pas ! J'ai vraiment besoin de tous mes neurones pour avoir de meilleures notes, surtout en français parce que je suis en enrichi et que je suis la plus poche des supposément bolées. Je me suis d'ailleurs sûrement retrouvée là par erreur, totale victime du système ; 4) il y a de la poussière de météorite dans ma maison… ben, dans les autres aussi, mais en tout cas; 5) ça se peut que ma mère sorte avec mon directeur; 6) il y a un gars devant qui je fais tout le temps des gaffes; et 7) mon père est décédé d'une embolie pulmonaire, paf! comme ça, et même si vous allez trouver ma théorie niaiseuse, je pense que c'est en réalité un extra-terrestre et qu'il est reparti sur sa planète parce qu'il y avait un virus et qu'il était le seul à pouvoir sauver son peuple!

B*ot'é*: Il était médecin?

Moi: Non… mais… ça se peut que, sur sa planète, ça ne dérange rien!

B*ot'é*: Pourquoi tu penses que ton père est sur une autre planète?

Moi: Euh… parce que je ne vois pas d'autre endroit où il pourrait être.

B*ot'é*: Au paradis?

Moi: C'est où, le paradis?

B*ot'é*: Au ciel.

Moi: Et voilà!

B*ot'é*: (Silence.)

Moi: Quand mon père est mort, ma mère m'a dit qu'elle ne savait pas ce que c'était que la mort. Elle m'a dit qu'elle tenait à me dire la vérité.

B*ot'é*: Et toi, tu t'es sentie comment par rapport à ça?

Moi: Au début, quand mon père est mort, je ne réalisais pas trop ce qui se passait. J'avais de la peine, mais j'étais tellement habituée à le voir revenir que je croyais qu'il allait revenir un jour… Je ne sais pas comment expliquer ça.

B*ot'é*: Et tu crois encore ça?

Moi: Non, mais… je l'imagine sur une autre planète.

B*ot'é*: Mais tu es consciente que c'est ton imagination.

Moi: Est-ce que c'est l'imagination du monde, de croire que quelqu'un va au paradis?

B*ot'é*: Ça t'a fait de la peine que ta mère ne te donne pas une belle image de la mort?

Moi: Même la mère de mon amie Kat, quand son poisson rouge est mort, elle lui a dit qu'il était au paradis des poissons!

B*ot'é*: Peut-être que ta mère a voulu partager ses propres valeurs, ses croyances à elle.

Moi: Quelles croyances? Elle ne croit en rien, à part que tout devrait toujours être propre!

B*ot'é*: Elle a sans doute voulu te parler de ce qu'elle croyait juste. Tu devrais peut-être en parler avec elle.

Moi: Je ne peux pas… Elle pleure quand on en parle.

B*ot'é*: Insiste. Tu devrais lui parler de ça et de ton directeur, également.

Moi: C'est si simple quand elle ne s'intéresse qu'à Monsieur Net!

B*ot'é*: Exprime tes sources de stress avec respect et tout va bien aller.

Moi: OK, merci, madame…

B*ot'é*: Une dernière chose… En ce qui concerne le gars avec qui tu fais toujours des gaffes. Quand ton père est décédé, tu as eu le cœur brisé… Vrai?

Moi: Ça ne prend pas un Q.I. supérieur pour savoir ça, là!

B*ot'é*: Et tu t'es sûrement forgé une grande carapace pour continuer à survivre. Mais ce n'est pas parce que tu as eu cette grosse peine que tu dois t'empêcher de vivre des émotions.

En d'autres mots, ce n'est pas parce que ton père est mort que tu dois t'empêcher de vivre.

Moi: Je ne m'empêche pas de vivre! Pis c'est quoi le rapport avec le gars avec qui je fais des gaffes? Pis pour mon affaire d'extraterrestre?

B*ot'é*: Tu sais, être différente des autres, c'est une qualité. Tu trouveras une façon de faire ta place tout en étant toi-même.

Pffff! ça paraît que c'est un service gratuit! C'est vraiment n'importe quoi!

21 h

Re-pfff! je suis certaine qu'elle n'a même pas de diplôme en psychologie!

21 h 30

Elle a peut-être un peu raison (même si c'est é-vi-dent qu'elle n'a pas de diplôme), MAIS JE NE RAPPELLERAI PLUS JAMAIS!

Décembre

Ma bonne étoile

Jeudi 1ᵉʳ décembre

Même s'il n'y a pas encore de neige, ça commence à ressembler de plus en plus au temps des fêtes. Il y a des lumières de Noël dans les arbres pas de feuilles et sur toutes les maisons du quartier! Et les chansons de Noël ont commencé à passer à la radio.

Parlant de chansons de Noël… je n'ai pas besoin d'être une experte en anglais pour savoir de quoi parlent les chansons *Please Be Home for Christmas* ou encore *I'll Be Home for Christmas*, et, chaque année, quand je les entends, j'ai toujours une petite pointe de tristesse dans le cœur. Ma mère aussi. Chaque fois que l'une de ces chansons passe à la radio, on change de poste. Ce n'est pas une convention entre nous, c'est quelque chose qu'on fait, disons, machinalement. Les chansons de Noël joyeuses, ça met vraiment de la joie dans le cœur, mais les chansons de Noël tristes, ouh là là, elles sont tristes en titi!!!

7 h 30

Ma mère est venue me reconduire à l'école et, en passant devant le kiosque de sapins de Noël au coin de la rue (qui sent top bon!!!), elle m'a dit qu'on ferait notre sapin samedi.

Elle m'a aussi demandé de lui faire une liste de suggestions de cadeaux de Noël, ce qui m'a fait penser que je devrai moi aussi, lui acheter un cadeau. Mais je n'ai pas besoin de liste, je sais ce qu'elle aime : la petite lingerie *sexy* ! Mais ce serait bizarre que je lui donne ça. Hum... je vais essayer de penser à autre chose.

16 h

Kat et moi avons niaisé longtemps à l'école après le dernier cours. Elle voulait que je l'aide à faire son devoir de français. Mais le tout s'est transformé en gigantesque infopublicité sur son *chum* merveilleux (selon elle) ! J'imaginais Kat en train de dire à la télé : « Achetez le Truch ! Votre vie en sera transformée ! » « Le Truch vient en trois couleurs : blanc comme un drap l'hiver, bronzé l'été, et rouge lorsqu'il devient timide. » Et là, une voix masculine dirait rapidement : « Pas responsable des défauts de fabrication si votre Truch ne rougit pas parce qu'il a trop confiance en lui. »

Vendredi 2 décembre

Après l'école, je suis allée chez Kat pour y prendre les hamsters. Julyanne avait le même t-shirt que moi. Kat m'a dit dans l'oreille : « Je t'avais dit que tu étais son idole ! » Elle m'a ensuite confié que, même si elle compatissait avec moi, elle était contente d'en être débarrassée parce qu'avant, c'était elle que Julyanne copiait. Moi, ce que ça m'a fait réaliser, c'est qu'à part mon uniforme scolaire, je n'ai pas vraiment beaucoup de vêtements, donc je dois être assez facile à copier.

Kat n'a pas voulu venir à l'animalerie avec moi, car elle allait au cinéma avec Truch. Son infopublicité d'aujourd'hui : « Truch est tellement gentil ! Il me paie toujours du *pop-corn !* » Bon, si elle veut devenir obèse, c'est son problème ! Personnellement, le *pop-corn,* je trouve que ça sent le vomi.

Quant à Julyanne, les adieux aux bébés hamsters étaient tellement difficiles qu'elle n'a pas eu la force de venir. Elle pleurait tellement qu'elle les a tout mouillés de larmes. La voir aussi triste m'a fait de la peine. Et j'ai eu envie de pleurer, par solidarité, mais quand Kat a vu pointer une larme sur ma joue, elle a dit :
— Oh ! tu ne vas quand même pas pleurer pour une *gang* de hamsters laids !
Ça m'a fait rire et Julyanne a commencé à engueuler Kat et à dire qu'elle était insensible, alors ç'a changé l'ambiance. Fiou !

18 h
Après de looooongs adieux, Julyanne a placé Bacon junior, Buffy et Bono dans une boîte à souliers qu'elle avait toute bien décorée. Elle avait mis de la dentelle et, à l'intérieur de la boîte, un petit coussin qu'elle avait pris dans son ancien lit de Barbie.

18 h 30

Je suis allée à l'animalerie, pour donner les hamsters. Nicolas n'était pas là, et c'est une fille dans la vingtaine qui m'a accueillie. Elle semblait assez cool, elle avait les cheveux courts, rouges et une minijupe avec des bottes hautes.

Moi : Allô, je suis une amie de Nicolas… Ben, pas vraiment son amie, on ne s'est pas vus assez souvent pour ça, mais disons que quand on se voit, on s'entend bien. Euh… en fait, je ne sais pas trop si on s'entend bien parce que souvent je dis vraiment n'importe quoi…

Fille aux cheveux rouges : Nicolas ne travaille pas ce soir.

Moi (me demandant si je peux me faire opérer pour devenir muette) : Euh… OK. C'est parce qu'il m'a dit que je pouvais lui donner trois bébés hamsters.

Fille aux cheveux rouges : OK, pas de trouble.

Elle ouvre la boîte, regarde dedans et me dit merci.

Moi : Euh… Nicolas m'a promis que les hamsters ne seraient pas donnés à manger aux serpents.

La fille éclate de rire.

Fille aux cheveux rouges : C'est clair !

Moi : Leurs noms, c'est…

Fille aux cheveux rouges : Leur nouveau propriétaire va leur en donner un.

Moi : Ah… je comprends.

Filles aux cheveux rouges : Veux-tu ravoir ta boîte de Barbie ?

Moi (en reprenant la boîte) : Ce n'est pas vraiment ma boîte, c'est la boîte de la sœur de mon amie, c'est elle qui a fait ça parce qu'elle aime les petits hamsters. En tout cas, je tiens juste à préciser que… je n'ai pas de boîte de Barbie.

Fille aux cheveux rouges : C'est beau, je ne dirai pas à Nic que tu joues à la Barbie ! (Et elle me fait un clin d'œil.)

Moi : Non, c'est vrai, c'est à la sœur de mon amie qui a dix ans et elle a pris ces décorations-là dans ses anciennes affaires de Barbie. Euh… est-ce que ça dérange si je vais voir les bébés minous ?

Fille aux cheveux rouges : Pas de trouble. Vas-y.

18 h 45

Ça fait dix minutes que je suis devant la cage et je constate que les minous ont un peu vieilli. Ils sont trop, trop, trop *cutes* ! Un autre employé est venu me dire qu'il y avait trois femelles et deux mâles. Pour m'amuser, je leur ai donné des noms.

Petit minou gris et blanc : Mitch. (L'autre jour, je regardais une émission en anglais et il y avait un policier qui s'appelait Mitch – c'est le seul mot que j'ai compris –, et si ce policier était un minou, il ressemblerait sûrement à ça.)

Petite minoune caramel, blanc et gris : Bourrasque. (Parce qu'elle est toute couettée, on dirait que son poil a pogné dans le vent.)

Petit minou gris, avec les pattes blanches : Grisou. (Facile.)

Petite minoune caramel et blanc : Rory. (Parce qu'elle me fait penser à Rory de *Gilmore Girls*.)

Petite minoune blanche, avec une tache grise sur le front : Sybil. (Je trouve que c'est un beau nom et qu'elle a l'air d'une princesse, car, sa tache grise, on dirait une couronne ! Pas que je connaisse personnellement des princesses du nom de Sybil, mais il me semble que ce serait un bon nom pour quelqu'un qui a du sang royal.)

19 h

Sybil n'arrête pas de vouloir agripper un fil qui dépasse de mon manteau. Elle est tellement belle ! Elle me regarde avec ses yeux verts et son petit nez rose, et elle fait : « Mmiuuuuu, miuuuuu » en essayant d'attraper le fil de mon manteau à travers les barreaux de la cage.

19 h 30

La fille aux cheveux rouges est venue me voir et m'a demandé si je voulais en acheter un. J'ai été surprise quand elle m'a dit que ça faisait presque une heure que j'étais là et que mes parents allaient peut-être s'inquiéter.

20 h

Effectivement, ma mère s'inquiétait et elle était un peu fâchée quand je suis rentrée. Je lui ai parlé des minous et je lui ai demandé si je pouvais en avoir un. Elle m'a dit non, catégoriquement. Elle a dit que ça demandait beaucoup trop d'entretien, que je ne m'en occuperais pas et qu'elle serait toujours pognée pour vider la litière. Je me demande si ma mère est capable de penser à autre chose qu'à la propreté ! (Et aux strings !)

Samedi 3 décembre

Ce matin, j'ai tenté de prouver à ma mère que j'étais bonne pour faire le ménage en faisant la vaisselle tout de suite après le déjeuner. Mais elle a deviné ma tactique et elle m'a dit que ce n'était pas parce que je faisais la vaisselle aujourd'hui qu'elle allait changer d'idée sur ma capacité à m'occuper d'un animal. Grrrr. C'est vrai que j'aurais peut-être dû être plus subtile et ne pas la regarder en souriant de toutes mes dents en lui soulignant : « Regarde, je fais la vaisselle. » Peut-être que si je ne m'étais pas donnée en spectacle, mon plan aurait fonctionné.

9 h 50

Ma mère est allée dehors poser les lumières de Noël autour de l'escalier. Si elle sort avec Denis Beaulieu, il est très peu gentleman de ne pas venir l'aider à poser les lumières de Noël ! Elle m'a dit de m'habiller, car quand elle aura fini, on ira acheter le sapin. Yahouuuuu !

11 h 30

Ma mère et moi sommes au kiosque de sapins. Les messieurs sont habillés en chemises rouges à carreaux, il y a un faux feu de foyer en guise de décoration et de la musique de Noël pour nous mettre dans l'ambiance. Je prends une grande « sniffée » de chaque sapin pendant que je suis là. J'adooooore cette odeur ! Ça devrait sentir le sapin toute l'année ! Partout !

Ma mère : Lequel tu veux ?

Moi : Je ne sais pas, ils sentent tous bons !

Ma mère : Lequel tu trouves le plus beau ?

Moi : Je ne sais pas si je les aime pour leur beauté ou pour leur odeur.

Ma mère (avec un fou rire) : Ils sentent tous la même chose !

On a finalement choisi un sapin qu'on était capables de transporter à deux et on l'a apporté chez nous. (Ma mère préfère toujours qu'on transporte le sapin à pied parce qu'elle n'aime pas faire des saletés dans son auto. Hum... surprenant !)

20 h

Notre sapin est tout décoré. J'adore sortir les décorations des boîtes, mais ce que je déteste, c'est les ranger une fois Noël fini. Pendant qu'on plaçait les guirlandes et les boules, j'ai repensé à ce que la fille de *On t'écoute* m'avait dit (pas que j'ai nécessairement changé d'avis en ce qui concerne ses compétences, mais j'ai quand même trouvé que ce qu'elle avait dit n'était pas totalement dépourvu de bon sens) et j'ai eu envie de poser des questions à ma mère au sujet de ses amours, mais la conversation ne s'est pas terminée comme prévu.

Moi (en plaçant une boule) : Je ne sais pas trop ce que Denis Beaulieu fait aujourd'hui, hein ?

Ma mère : Tu penses à l'école même la fin de semaine ?

Moi : En fait, c'est plus que... je me demandais... euh... de quoi vous parlez... ensemble ?

Ma mère: Ben… de toi!

Moi (pensant que ça devait être une relation assez plate et que Truch me semblait soudainement être un amoureux plus charmant): Ah ouain?

Ma mère: Pis ensuite d'autres choses, mais en particulier de toi.

Moi: Ah…

Ma mère: Pourquoi tu me demandes ça? As-tu encore des problèmes à l'école?

Moi: Non!

Ma mère: Tant mieux!

Moi: Maman… toi, qu'est-ce que tu penses de… des strings?

Ma mère: Dis-moi pas que c'est ça que tu veux en cadeau de Noël?!?

Moi: T'es-tu malade? Ce n'est pas mon genre, moi, d'avoir les bobettes pognées tu-sais-où!

Ma mère: Je me disais aussi…

Finalement, je n'ai rien appris du tout, à part que même si ma mère porte elle-même des strings, elle ne semble pas vouloir que, *moi*, j'en porte. Soit elle trouve ça très inconfortable, soit elle est totalement inconséquente dans ses opinions vestimentaires.

20 h 14

Ma mère m'a demandé si ça me dérangerait qu'on passe la veille de Noël seulement toutes les deux. Habituellement, on va chez ses parents et, le lendemain, on va chez ma grand-mère Laflamme. Mais ma mère m'a dit qu'elle aimerait qu'on soit toutes les deux et qu'on ne

197

se stresse pas avec le reste. Qu'on visiterait la famille les jours suivants. *Yes !!!* Pas que ça ne me tente pas de voir mes grands-parents, mais c'est rare que je peux avoir un vrai moment avec ma mère.

21 h

J'ai essayé de faire une liste de cadeaux de Noël, mais je n'ai pas trouvé de cadeaux que je voulais vraiment.
– ~~Un jeu vidéo.~~
– ~~Du beau linge.~~
– Un minou !!!

Quand j'ai donné ma liste à ma mère, je la regardais en me tordant les doigts et, bien que j'aie eu l'impression un instant qu'elle allait dire oui, elle a clamé : « Non ! »

J'ai dit : « S'il te plaît, s'il te plaît, s'il te plaît ! Je vais faire tout ce que tu veux ! »

Ça n'a pas fonctionné. Elle n'a pas dû bien évaluer ma proposition. Personnellement, si quelqu'un m'offrait de faire *tout ce que je veux*, j'y réfléchirais un peu plus longtemps parce que ça peut être vraiment pratique.

Constatation : Ma mère ne sait pas saisir les opportunités.

Infopublicité de Truch du jour : Truch est blablabla extraordinaire blabla.

Mercredi 7 décembre

Ouf! quelle semaine! J'ai tenté de prouver à ma mère que j'étais bonne pour faire le ménage (et, cette fois, j'ai été capable d'être plus subtile), ensuite je me suis plongée à fond dans mes études (ça aussi, ça fait partie de mon plan, pour montrer à ma mère que je suis super-mature). J'ai suivi à la lettre la mé-tho-de de tra-vail de Jocelyne. J'avoue qu'en vue des examens, sa méthode de travail est très pratique, elle permet de se repérer facile-ment (note à moi-même: ne pas répéter ça à Kat). Mon examen de maths est celui qui me stresse le plus. Avec celui de géo et celui d'an-glais. J'ai pas mal de stress, finalement. Ma mère m'a dit que, si j'étais trop stressée, elle me paierait un massage. Elle dit que, depuis qu'elle a découvert ça, sa vie a changé. Et, selon elle, ça améliorerait mes résultats scolai-res. N'importe quelle mère m'aurait dit que, si j'étudiais bien, j'allais réussir, mais ma mère veut me payer un massage! J'ai la plus grande preuve qu'elle est amoureuse parce qu'elle a le cerveau *définitivement* ramolli!

D'ailleurs, j'ai une autre preuve. Ce matin, ma mère s'est levée en fredonnant *Vive le vent*. Et aujourd'hui, à l'école, j'ai croisé Denis Beau-lieu dans le corridor et il fredonnait lui aussi *Vive le vent*! Si ce n'est pas un signe, ça, je me demande bien ce que c'est! J'en ai parlé à Kat qui m'a dit que c'était une totale coïncidence, que *Vive le vent* était une chanson de Noël *très* commune et elle a changé de sujet pour me servir une autre infopublicité sur Truch-le-magnifique.

Infopublicités de Kat ces derniers jours :
  Lundi : Truch m'a dit que j'étais plus belle que Paris Hilton.
  Mardi : Truch et moi, on a parlé TROIS HEURES au téléphone hier.
  Aujourd'hui : Truch m'a dit que ce serait le *fun* que j'aille à la même école que lui.

  Moi : Wo ! tu ne vas pas changer d'école ?
  Kat : Ben… ce serait plus le *fun* d'être plus souvent avec Truch.
  Moi : Et moi ?
  Kat : Change d'école, toi aussi !

  Impossible d'avoir une journée de répit !

Jeudi 8 décembre

Après l'école, Kat m'a proposé d'aller à l'animalerie. Je l'ai avertie que Nicolas ne serait peut-être pas là et que, dans ce cas, elle ne pourrait pas mettre à exécution son plan de me convertir à la *gang* des cerveaux ramollis. (Je n'ai pas dit ça, j'ai dit : « C'est une fille aux cheveux rouges bizarre qui travaille là, maintenant. ») Kat m'a avoué qu'elle avait envie de savoir ce qu'étaient devenus les bébés hamsters.

16 h 05

La fille aux cheveux rouges était là quand nous sommes entrées au son du gling-gling de la porte de l'animalerie. J'ai fait un saut quand un immense père Noël en plastique a bougé son bras en criant: «Ho! ho! ho!», et j'ai remarqué que la fille aux cheveux rouges avait un sourire en coin. (Elle rit de moi carrément. Espèce de *bitch* qui pense que je joue à la Barbie!)

Fille aux cheveux rouges: Salut, les filles! Vous venez voir Nic?

Kat: Elle oui, mais moi je viens pour les hamsters.

Fille aux cheveux rouges: Les hamsters sont là-bas, pis Nic est avec les serpents.

Moi: Je ne viens pas pour Nic... Ha! ha! rapport, Kat? Pfff! je veux voir les minous.

Bono (au loin): Allô! Allô! Tabarnak!

Monsieur avec une grosse bedaine: Si je pogne celui qui a appris à Bono à dire «tabarnak», moi! Oh! bonjour, mesdemoiselles! Qu'est-ce qu'on peut faire pour vous?

Fille aux cheveux rouges: Ce sont des amies de Nicolas.

Monsieur avec une grosse bedaine (possiblement l'oncle de Nicolas si j'ai un bon sens de la déduction): Ah! salut! Enchanté! (Il nous donne la main.) Je suis son oncle. (J'ai un bon sens de la déduction! Je suis peut-être une descendante de Sherlock Holmes ou d'un autre grand détective.) Il est en train de laver la cage des serpents, si vous voulez le voir.

Moi: On n'est pas vraiment ses amies...

Kat: Je voulais juste voir mes hamsters...

Oncle de Nicolas: Oh...

Kat : Quoi ?

Oncle : C'est toi qui les as apportés ici ?

Kat : Non, c'est elle, mais ce sont les bébés de mon hamster ! Quoi ? Qu'est-ce qu'il y a ?

Bono : Tabarnak !

Oncle de Nicolas : Maudit oiseau ! Savez-vous combien ça coûte, un perroquet comme ça ? Je ne pourrai jamais le vendre !!!

Moi : Vous n'avez pas donné les hamsters à manger aux serpents ?

Kat : Quoi ? T'as donné mes hamsters à des cannibales ?

Oncle de Nicolas : Non, non. On les a mis en vente, mais…

Kat : MAIS QUOI ?

Nicolas : Ils se sont… mangés… entre eux.

Bono : Allô ! Allô !

J'ai cru que j'étais en train de me taper une crise cardiaque quand j'ai entendu «gling-gling» et «Ho ! ho ! ho !». C'était trop en même temps.

Kat : Quoi ? Ils sont où ?

Fille aux cheveux rouges (pointant le doigt dans la même direction que tout à l'heure) : Là-bas.

En me retournant vers l'endroit qu'indiquait la fille aux cheveux rouges, j'ai vu Nicolas.

Nicolas : Il n'en reste qu'un. Les deux autres se sont battus. Quand on est revenus, il y en a un qui avait le cou… tranché.

Moi : Oh ! mon Dieu !

Bono : Oh ! mon Dieu !

Moi (à Nicolas) : Il sait dire ça aussi ?

Nicolas : Allô, en passant.

Moi : Allô…

Bono : Allô !

16 h 15

Kat est devant la cage des hamsters. Il ne reste que Buffy.

Kat (les larmes aux yeux): Je te l'avais dit, que leur père était un *bum*! Ils avaient ça dans le sang.

Moi: Je pensais que tu les détestais.

Kat: J'ai l'air d'une sans-cœur???!!!!

Moi: Ben…

Kat: Ha. Ha. Ha.

Moi: Je te niaise.

Kat (à Nicolas): Les as-tu vus?

Nicolas: Non, j'étais à l'école quand ils ont été trouvés. Ce n'est pas moi qui ai lavé la cage.

Kat: Buffy! T'es supposée empêcher le monde de se trancher la gorge!

Nicolas: Ce n'est pas la première fois que ça arrive.

Kat: Penses-tu que Buffy va trouver une bonne famille?

Nicolas: C'est clair! Hé, Aurélie, t'as vu les chats?

Nicolas nous a guidées vers la cage des minous et j'ai traîné Kat par le bras, qui ne quittait pas la cage des hamsters des yeux. Honnêtement, je ne pensais pas qu'elle était aussi attachée aux bébés hamsters. Elle n'arrêtait pas de répéter: «Qu'est-ce que je vais dire à Julyanne?» «Bacon junior! Je suis sûre que c'est de sa faute! Il ressemblait trop à son père!»

Quand on est arrivés devant la cage des minous, Sybil s'est levée sur ses pattes de derrière, comme pour me dire bonjour.

Moi : Allô, ma belle Sybil !

Nicolas : Sybil ?

Moi : L'autre jour, je leur ai tous donné des noms. Il y a Mitch, Rory, Bourrasque et... où il est, Grisou ?

Nicolas : Il y en a un qui a été adopté hier. Ça doit être Grisou.

Moi : Ah...

Sybil tapait avec ses petites pattes sur la cage et je l'ai flattée à travers les barreaux. Elle a attrapé mon doigt, l'a mordillé et a commencé à le lécher.

Nicolas : Tu t'es fait une amie.

Kat : Qu'est-ce que je vais dire à ma sœur ?

Nicolas : Hé, les filles... il y a un party demain chez un gars que je connais. Ça vous tente de venir ?

Kat : Mets-en ! Est-ce que je peux amener mon *chum* ?

Nicolas : C'est clair ! Il va y avoir plein de monde. On fait un gros party de Noël. (Il se retourne vers moi.) Toi, Aurélie ?

Moi : Ah non. Moi, je ne peux pas.

Kat : Comment ça, tu ne peux pas ?

Moi : Il faut que... j'étudie. J'ai promis à ma mère (je me retourne vers Sybil) d'améliorer mes notes.

Kat : T'es donc ben *nerd* ! Demain, c'est vendredi !

Nicolas : Si vous changez d'idée, c'est ça, l'adresse.

Là, il a pris ma main, et il a écrit l'adresse du party dans ma paume avec un crayon bleu. Ça pourrait avoir l'air limite impoli, parce que l'encre bleue, c'est très difficile à nettoyer sur la peau. Après ça, j'ai voulu partir, j'ai foncé dans l'oncle de Nicolas qui m'a dit en riant : « Ho ! ho ! regarde où tu marches, la p'tite ! » J'ai baissé la tête jusqu'à la porte et je suis sortie de l'animalerie, suivie de Kat qui riait aux éclats. Puis Bono a crié : « Bon débarras ! Bon débarras ! » Et Kat s'est arrêtée de rire pour dire : « Niaiseux de perroquet ! » Et elle a recommencé à rire. Franchement, je trouve que j'ai très peu de soutien de la part de ma *supposée* meilleure amie.

17 h 15

En arrivant chez elle, Kat a arrêté de rire de moi quand elle a vu sa sœur. Et quand Julyanne lui a demandé comment allaient ses bébés, elle a dit, après un moment d'hésitation :

— Bacon junior et Bono ont été adoptés.

Et là, j'ai su qu'elle n'avait pas le cerveau si ramolli que ça.

Vendredi 9 décembre

Kat a tout fait pour me convaincre de venir au party, ce soir. Truch est d'accord et il connaît un peu le gars chez qui a lieu le party parce qu'ils ont déjà joué dans la même équipe de soccer. On s'est écrit des messages toute la journée. (Pas Truch et moi, mais Kat et moi franchement, comme si j'écrivais des messages à Truch !) Heureusement, on ne s'est pas fait pogner parce qu'on a une nouvelle technique. On attend que le ou la prof (selon le cours) soit tourné vers le tableau. Jocelyne, avec sa mé-tho-de de tra-vail infaillible, passe beaucoup de temps à écrire au tableau pour nous montrer quoi faire. Bon, le fait d'écrire à Kat pendant le cours de maths ne m'aidera en rien à améliorer mes notes. Et ce n'est pas le massage que ma mère veut me payer qui m'aidera non plus. Mon dernier message était d'ailleurs pour dire à Kat que je ne pourrais pas avoir le cadeau de Noël que je voulais si je continuais à parler de party et à écrire des messages. Elle m'a envoyé un autre message pour me jurer qu'elle ne me dérangerait plus si je lui promettais d'aller au party ce soir. À contrecœur, j'ai accepté (question de mettre toutes les chances de mon côté, niveau intelligence supérieure et stratégie de cadeau de Noël).

20 h 30

On est arrivés au party il y a une demi-heure et Nicolas n'est pas encore là. Il travaille peut-être encore à l'animalerie. De toute façon, ce n'est pas si grave que ça, ce n'est pas comme si je voulais *absolument* le voir. Kat et Truch sont allés dans un coin pour s'embrasser, alors je me sens un peu seule. Au moment où j'ai entendu la chanson *I'll Be Home for Christmas*, chantée *a cappella* par les 'N SYNC (je crois), j'ai décidé d'aller m'asseoir dans un immense pouf qui avait l'air très confortable. Assise là, j'ai remarqué qu'*I'll Be Home for Christmas*, chantée par 'N SYNC, n'est pas si triste ni si touchante que ça. Beaucoup moins que les vieilles versions interprétées par des messieurs. On dirait que les 'N SYNC ne sentent pas l'esprit de la chanson et qu'ils tiennent plus à montrer qu'ils sont capables de chanter *a cappella* qu'à nous faire ressentir une émotion. En ce moment, ça me fait grandement apprécier les 'N SYNC, car leur interprétation sans émotion m'empêche, moi, d'en ressentir, ce qui me mettrait mal à l'aise dans un party. Après la chanson, je veux m'extirper du pouf, mais j'en suis incapable. J'essaie de forcer avec mes jambes, mais je suis complètement pognée et, au moment où je crois pouvoir réussir à me lever, je vois Nicolas qui s'avance vers moi. Comme je ne veux pas perdre le peu de dignité qui me reste devant lui avec des mouvements disgracieux, je décide de stopper toute tentative pour sortir du pouf et je croise mes jambes d'une façon très féminine (le peu de féminité que je peux avoir, enfoncée dans un pouf).

Lui : T'es venue ?

Moi (tentant de conserver ma pose, style top-modèle) : Oui…

Lui : Cool !

Moi : Les minous vont bien ?

Lui : On en a vendu un autre tantôt.

Moi : Pas Sybil ???

Lui : Non… Je crois que c'est Rory.

Moi : Ah. Ton oncle a l'air fâché que son perroquet sacre.

Lui: Fais-toi-z'en pas avec ça! Il adore Bono. Il ne veut pas le vendre. Il fait son bougon, mais, dans le fond, je crois qu'il est content. Il est juste un peu gêné quand des familles entrent pour acheter un animal et que le perroquet se met à sacrer ou qu'il crie: «Bon débarras!» quand les gens s'en vont.

Moi: Ha! ha! ha! ha! Ça doit être drôle!

Lui: Est-ce que tu veux danser?

Moi: Euh… non. Je préfère rester ici.

Lui: Ah, OK. Ben… c'est cool que tu sois venue.

Moi: Ouain, tu l'as dit tantôt.

Lui: Je suis en train de prendre des habitudes de perroquet.

Moi: Ouain, ha! ha!

21 h 45

Pendant que je regarde Nicolas parler avec Marithé Roberge, je me repasse notre conversation dans ma tête et j'essaie de penser à toutes les choses intelligentes que j'aurais pu répondre du tac au tac. Je ne comprends pas pourquoi mon cerveau fonctionne à retardement comme ça. Ce n'est pas du tout pratique! J'aurais dû rester chez moi et augmenter mon Q.I., au lieu de venir ici passer la soirée dans un pouf!

21 h 47

C'est vraiment plate, être pognée dans un pouf. J'ai chaud là-dedans et, quand je bouge, ça fait des bruits de pets. Une chance qu'il y a de la musique, je peux battre la mesure de mon index.

21 h 51

Kat vient me rejoindre. Enfin, je vais pouvoir sortir du pouf!

Kat: Qu'est-ce que tu fais là? Tout le monde te trouve bête et antisociale!

Moi: Tout le monde?

Kat: Oui! Moi, en particulier!

Moi: Je me demande qui est plus antisociale: moi, ou toi qui passes la soirée à *frencher*!

Kat: Ben, au moins, je parlais à quelqu'un!

Moi: D'après ce que j'ai observé, tu n'as pas beaucoup parlé.

Kat: C'est parce que tu me regardais dans les mauvais moments! J'ai longtemps parlé à Marithé. Elle est cool, hein?

Moi: Bof... son nom sonne comme des problèmes gastriques.

Kat: Vraiment pas! Hum... t'es jalouse?

Moi: Je ne suis pas jalouse! J'ai le droit de moins aimer certains noms!

Kat: Marithé est un SUPER-beau nom! T'es jalouse parce que tu tripes sur Nicolas, comme je l'ai toujours dit!

Moi: Non, j'exprime juste une opinion personnelle sur un nom que j'aime moins qu'un autre, c'est tout! Ça n'a aucun rapport avec Nicolas!

Kat: T'avais juste à sortir de ton petit coin et à aller lui parler!

Moi: Ça n'a pas rapport! Kat, peux-tu m'aider...

Kat: Je vais t'aider, certain! Premièrement, quand tu vas dans un party, tu t'accroches un sourire dans la face pis tu parles au monde!

Moi : OK, mais…

Kat : Tu ne restes pas dans ton coin à faire l'air bête toute la soirée !

Moi : Oui, mais c'est parce que je suis pognée…

Kat : Je le sais, que t'es pognée ! Il va falloir que tu passes par-dessus ta gêne et que tu te déniaises ! Que tu so-ci-a-bi-li-ses !

Moi : Tu ne comprends rien ! Je suis pognée pour de vrai ! Je ne suis pas capable de sortir du pouf ! Peux-tu m'aider ?!!

21 h 59

Sur le chemin du retour, Kat et Truch ont énormément ri de moi. Ça ne me dérange pas trop de la part de Kat, mais, de la part de Truch, je trouve ça assez impoli vu qu'on ne se connaît pas tant que ça. D'ailleurs, si Kat me sert d'autres infopublicités sur son *chum*, je pourrai lui parler de ce défaut de fabrication. Il existe, dans la vie, un règlement très clair que tout le monde se doit d'observer : on ne peut pas rire des amis des autres, juste de ses propres amis.

22 h 07

Une fois qu'on s'est retrouvées seules, Kat et moi, elle m'a fait tout un discours sur le fait que Nicolas tripait sur moi. Je lui ai fait remarquer qu'il avait parlé à Marithé Roberge toute la soirée.

Elle a répliqué :

— Qu'est-ce que tu ferais, toi, si la personne sur qui tu tripes préfère passer sa soirée… ha ! ha ! ha ! ha ! ha ! ha ! ha !… dans un pouf…

210

ha! ha! ha! ha! ha! ha! ha!... plutôt que... ha! ha! ha! ha! ha! ha! ha!... te parler?

J'ai dit :

— Je le sais, que c'est ben drôle, là, mais il va falloir que t'en reviennes!

Elle a déclaré :

— Aurélie, l'amour, c'est magique! C'est super! C'est merveilleux! Ça te fait sentir plein de petits papillons dans le ventre! Plein de feux d'artifice dans ton cœur! Tu ne devrais pas t'empêcher de vivre ça!

Ce n'est pas mêlant, si on avait été dans une comédie musicale, c'est sûr qu'elle se serait mise à chanter et à danser. Si l'amour nous rend quétaines au point de se transformer en comédie musicale ambulante, c'est clair que ce n'est pas pour moi. Merci.

Kat : Ben, je te comprends. Dans le fond, Nicolas n'est pas aussi *hot* que Truch et tu attends peut-être d'avoir un gars du même calibre.

Moi : Nicolas n'est pas « pas *hot* »! Il est super! Il est *cute*! Il est vraiment gentil! Il a des super-beaux yeux! Et il sent le bon assouplissant!

Kat (en me pointant du doigt) : Ah! je le savais, que tu tripais sur lui! Je le savais! Je le savais! Je le savais!

Note urgente à moi-même de la plus haute importance : Travailler à stimuler mes neurones au plus vite, question d'être moins susceptible de subir les manipulations machiavéliques de ma meilleure amie.

22 h 31

Je regarde les pingouins sur mon pyjama mauve, car je suis incapable de me concentrer sur le *Archie* que ma mère m'a acheté. Kat aurait-elle raison? Est-ce que ça se pourrait que je tripe sur Nicolas sans le savoir? Mais non, c'est impossible! Kat est amoureuse, elle fait de l'infopublicité pour l'amour et, moi, je me laisse influencer par sa pub. C'est tout. Elle a fini par me faire un lavage de cerveau avec tous ses Truch par-ci, Truch par-là, l'amour est ci, l'amour est ça. Hé! ça ferait une bonne chanson pour Ashlee Simpson! (Ou autre chanteuse pop.) L'amour est ci, l'amour est ça, papadapapa…

22 h 50

J'aime ça, la façon dont Nicolas dit Aurélie… «Aurélie». Ça sonne comme un beau nom quand il le dit. Avec des effluves de gomme baloune au melon, c'est encore plus cool.

22 h 55

Aurélie, c'est moi!!!!!!!!!!!!!!!!!!!

22 h 56

Bon, on se calme! Ça ne me tente pas du tout de me transformer en comédie musicale comme Kat! Mais, juste de même, pour rire, si on était dans une comédie musicale, quand j'ai pensé: «Aurélie, c'est moi!!!!!!!!!!!!!!!!!!!», j'aurais levé les bras, le rythme de la musique se serait accéléré, et il y aurait eu un roulement de tambour avant un dernier accord de guitare et les lumières se seraient éteintes. Bon, ça y est! On ne peut pas penser positivement à un gars deux secondes sans virer quétaine!

22 h 57

Je me demande si c'est vrai qu'il tripe sur moi. Il doit plutôt me trouver super-niaiseuse! Peut-être que je devrais lire autre chose que des *Archie*? Ah non! je ne commencerai pas à vouloir me changer pour un gars!

22 h 59

Note importante à moi-même: Arrêter d'écouter Kat. Elle me met des idées dans la tête, qui nuisent à l'expansion (très désirée) de mes neurones.

Samedi 10 décembre

Alors que j'avais décidé d'étudier, ma mère m'a annoncé qu'elle voulait faire le ménage de sa garde-robe et qu'elle avait besoin de mon avis. Elle m'a montré tous ses vêtements (dont certains dataient de l'époque préhistorique, genre années soixante-dix), puis on a fait trois piles: une pile de vêtements pour aller faire l'épicerie, une pile de vêtements de chalet et une pile de vêtements à donner à des organismes de charité (j'ai proposé qu'elle les donne à des boutiques de costumes, mais elle ne m'a pas trouvée si drôle). Finalement, elle m'a dit qu'elle n'avait pas besoin de vêtements *spécialement* pour aller faire son épicerie et on a mis cette pile sur la pile de charité et on n'a conservé que la pile de vêtements de chalet (on n'a pas de chalet, mais si un jour elle est invitée dans un chalet, ce sera pratique). Puis, quand elle a sorti d'autres vêtements, j'ai vu un vieux chandail de laine de mon père. Ça m'a fait comme un coup au cœur. Elle m'a regardée et elle a dit :

— J'avais gardé quelques-uns de ses vêtements...

Moi : Ah.

Ma mère : Qu'est-ce qu'on fait avec ?

Moi : Peut-être qu'on pourrait le garder.

Ma mère : Peut-être...

Moi : Dans une boîte, si tu ne veux pas le garder dans ta garde-robe. Ou dans ma chambre.

Ma mère : Tu aimerais ça ?

Moi : Peut-être.

Ma mère a regardé le chandail quelques instants. Son cou est devenu rouge, mais la rougeur a disparu aussitôt, même si elle continuait de regarder le chandail. J'ai senti que c'était peut-être un bon moment pour lui poser mes questions.

Moi : Euh... j'aimerais ça, te demander quelque chose... La mère de Kat a dit que Plouchy, son poisson, était au paradis des poissons, et je me suis toujours demandé si mon père... ben... en fait, pourquoi tu m'avais dit qu'il n'était nulle part.

Ma mère : Je n'ai jamais dit ça !

Moi : Tu m'as dit que tu ne savais pas ce qu'était la mort.

Ma mère : C'est vrai.

Moi : Ça me… trouble, disons.

Ma mère : Ouais… je comprends. Quand j'avais à peu près dix ans, mon grand-père est mort. Je l'adorais. C'était le genre de bonhomme qui fumait la pipe, qui nous donnait toujours des bonbons, qui parlait fort, qui buvait de la bière et qui conduisait un gros camion. Aujourd'hui, je suis certaine que son camion serait interdit, tellement il devait être polluant ! Et quand il est mort, ma mère m'a dit qu'il était au paradis. Qu'il se reposait et qu'il jouait de la harpe sur un nuage avec les autres anges. Ça m'a tellement déprimée ! Je trouvais ça triste de l'imaginer sans sa pipe, en train de jouer de la harpe…

Moi : Ah.

Ma mère : J'ai pensé bien faire en te disant la vérité…

Moi : L'autre jour, sœur Rose m'a dit qu'il y avait des scientifiques qui étaient devenus croyants.

Ma mère : Ah oui ? C'est intéressant.

Moi : Mais… toi ?

Ma mère : Quoi ?

Moi : Tu crois en quoi ?

Ma mère : Je ne sais pas. En rien.

Moi : Si tu ne crois en rien, c'est que tu crois en quelque chose.

Ma mère : Non…

Moi : Ben, tu *crois* qu'il n'y a rien. Donc, tu crois en quelque chose, non ? (Whouaaaaa ! mes neurones sont en feu !)

Ma mère : Tu as raison, j'imagine… Tu t'intéresses à ces choses-là, ces temps-ci ?

Moi : Un peu. Je me questionne.

Ma mère : Quand j'étais petite, mes parents m'amenaient à l'église chaque dimanche et je détestais ça ! Un jour, j'ai commencé à me questionner, comme toi, et je me suis rendu compte que la religion servait à expliquer l'inexplicable, mais tu peux aussi trouver tes propres réponses.

Moi : Comme où on va quand on est décédé...

Ma mère : Ça, tu l'as trouvé, non ? On devient un extraterrestre ! Ha ! ha ! ha ! ha ! ha ! ha ! Elle était bonne, celle-là !

14 h 19

Pendant que ma mère rangeait les vêtements qu'elle avait décidé de conserver (approuvés par moi), j'ai pensé que, vu qu'elle était dans de bonnes dispositions...

Moi : M'man, j'ai une autre question à te poser...

Ma mère : Tu trouves que je devrais jeter tout mon linge, hein ? Je suis démodée, tu penses ?

Moi : Non, ce n'est pas ça. Ben, t'as vraiment plein de vieux linge, mais... ce n'est pas ça ! Est-ce que tu sors avec Denis Beaulieu, oui ou non ?

Ma mère : Quoi ???

Moi : J'ai accumulé plein de preuves !

Ma mère : Comme quoi ?

Moi : 1) Tu dis qu'il est charmant ; 2) tu souris quand je dis son nom ; 3) vous êtes de bonne humeur en même temps et vous fredonnez les mêmes chansons ; 4) euh... je ne me souviens plus c'est quoi, la quatrième preuve ; 5) tu dis qu'il est charmant !

Ma mère : Tu l'as déjà dit !

Moi : Bon, ben, ça fait quatre preuves !

Ma mère : Tu ne t'en souviens plus, de la quatrième !

Moi : Ben, trois, d'abord !

Ma mère : Je ne sors pas avec Denis Beaulieu ! Pas du tout mon genre ! Tu ne trouves pas qu'il sent un peu trop la lotion après-rasage ?

Moi : Ouiiiiiii ! Moi aussi, je trouve ça !

Ma mère : Tu me sors vraiment quelque chose, toi !

Moi : Je n'en reviens pas ! Ça fait des mois que je pense que tu sors avec lui en cachette !

Ma mère : Si je me faisais un *chum*, je ne le te cacherais jamais, voyons ! Tu es donc bien drôle de ne pas m'en avoir parlé !

Moi : J'avais peur... de ta réaction. Je ne sais pas... Tu es bizarre depuis... T'sais ?

Ma mère a commencé à tordre la manche du chandail de mon père.

Ma mère : En fait... tu as eu tort pour Denis Beaulieu, mais...

Moi : Mais quoi ?

Ma mère : Mais tu as quand même... En fait, c'est que, récemment... Par où commencer ? Mes amies m'ont fait remarquer que, depuis quelque temps, j'étais souvent déprimée...

Moi (dans ma tête seulement) : Semi-zombie !

Ma mère : Que j'étais obsédée par de petites choses...

Moi : Elles aussi ?

Ma mère : ... et que ça me ferait peut-être du bien de... ben... de rencontrer quelqu'un... Alors, j'ai commencé à sortir dans des bars, mais...

Moi: Ça explique les strings!

Ma mère: Tu fouilles dans mes affaires?

Oups. C'est sorti tout seul.

Moi: Tu m'avais dit de tout ramasser et il y a quelque chose à toi qui traînait, alors je l'ai mis dans ton tiroir.

Ma mère: De toute façon, ce n'est pas important. Bon, j'ai commencé à sortir et je n'ai pas aimé ça. Alors, récemment, je… j'ai…

Moi: Dis-le, coudonc!

Ma mère: Je me suis inscrite sur un site de rencontres! Sur Internet!

J'hésite entre trouver ma mère super-quétaine ou super-cool. Je préfère ne pas me prononcer et opter pour l'ambivalence. En fait, je préfère ne pas imaginer du tout ma mère en train de *cruiser*. Ni en train de *frencher*. NI EN TRAIN DE *FRENCHER* HABILLÉE EN STRING!

Dimanche 11 décembre

J'ai appelé Kat pour lui demander d'aller à l'arcade, mais sa sœur m'a dit qu'elle était avec Truch. Julyanne a commencé à m'abreuver de remerciements pour ses bébés hamsters, ajoutant qu'elle les imaginait dans de bonnes familles et, moi, je n'arrêtais pas de les imaginer le cou tranché. Je me suis rendu compte que je me sentais assez mal à l'aise avec le mensonge et j'ai raccroché.

18 h

J'ai passé ma journée à lire des *Archie*, écouter la télé, étudier, sniffer mon sapin de Noël (pas nécessairement dans cet ordre). Puis Kat m'a appelée pour me dire quelque chose sur Truch que je n'ai pas écouté et qui a rapport avec quelque chose d'autre que je n'ai pas écouté. Non mais! Je crois que je vais recommencer à l'écouter quand elle aura d'autres sujets de conversation.

Mardi 13 décembre

Aujourd'hui, en français, Marie-Claude nous a demandé de faire un travail qui compterait pour cinquante pour cent de la note du bulletin de fin d'étape. Il faut qu'on écrive soit un texte, soit un poème, et la contrainte est d'avoir une consonne qui revient constamment, comme « v » (exemple : une valise de valeur a été vendue) ou « s » (exemple : un serpent à sonnette siffle), etc. Je suis vraiment stressée! J'aimerais tellement ça, prouver que je ne me suis pas retrouvée en français enrichi par erreur!

12 h 30

À l'heure du dîner, j'ai tenté un brainstorm avec Kat, mais elle était trop déprimée. Elle m'a raconté que, maintenant, Truch parle toujours avec les mains dans les poches en se grattant le nez (pas pendant qu'il a les mains dans les poches, ce n'est pas un contorsionniste, quand même!), ce qui, selon l'article qu'on avait lu dans le *Miss* et qu'elle semble avoir appris par cœur, n'annonce rien de bon. Je lui ai rappelé que, la dernière fois qu'elle croyait qu'il lui avait menti, il lui avait acheté un beau nou-nours (quétaine et antisyntaxique, selon moi, mais bon, je ne le lui ai pas précisé, étant donné que j'étais en train de tenter de lui remonter le moral). Elle m'a dit qu'elle avait l'impression qu'il s'intéressait à d'autres filles. Parano power!

Mercredi 14 décembre

Idées de cadeaux de Noël pour ma mère:

• un beau collier (elle porte toujours le même).

• un livre de recettes (ce serait pratique pour elle: l'autre jour, elle a fait un pâté chinois avec un reste de poulet, un reste de fromage, des patates et du maïs en boîte – c'était dé-gueu-lasse!).

• une affaire de mère, genre lampe laide qui diffuse du parfum qui pue (elle adore ça).

Jeudi 15 décembre

— Je vais tuer ma sœur! me lance Kat, avant même de me dire «allô», en jetant son sac dans son casier.

Moi: Si tu fais ça, tu ne seras pas tellement mieux que Bacon junior que tu traites de *bum*, je te ferai remarquer!

Kat: C'est une façon de parler, là! Mais je la renie! À partir d'aujourd'hui, elle n'est plus ma sœur!

Moi: Qu'est-ce qu'elle a fait de si grave?

Kat: Elle a laissé traîner mon jeu de *Britney Spears Dance Beat*! Elle a fait exprès parce qu'elle savait que Truch s'en venait! Et il l'a trouvé! Et là, j'ai dit que le jeu appartenait à Julyanne, je lui ai même fait les gros yeux pour la supplier de dire que c'était vrai et elle a tout nié! Elle lui a dit que le jeu était à moi! Et il l'a crue! Et là, il sait TOUT!

Moi: Voyons, ce n'est pas si grave! Il t'a déjà vue à l'arcade et tu es la meilleure au *Dance Dance Revolution*.

Kat: Ce n'est pas pareil!

Moi: C'est quoi, ton bogue avec Britney Spears?

Kat: Je ne veux juste pas avoir l'air d'avoir tripé sur elle *devant lui*!

Moi: On ne peut pas nier qu'elle a vraiment les meilleures chansons pour le *Dance Dance*.

Kat: Oui, mais mon *chum* n'est pas obligé de le savoir!

Moi: Ben oui, tuer des faux espions avec de faux fusils ou faire une course d'autos assis dans un simulateur avec un volant en plastique, c'est très intellectuel et vraiment moins quétaine!

Kat: Arrête d'être sarcastique!

Moi: Toi, au moins, tu bouges! Tu ne te transformeras pas en grosse patate!

Kat: Tu penses que si je ne bouge pas, je vais me transformer en patate?

Moi: Ce n'est pas ça que je dis.

Kat: Penses-tu que Truch pense que je suis une grosse patate?

Moi: Oublie ça!

Kat: Sais-tu ce que j'ai fait pour me venger? J'ai dit à ma sœur que ses niaiseux de hamsters s'étaient entrebouffés!

11 h 15

Pendant toute la matinée, j'ai pensé à Julyanne et à la façon dont elle doit se sentir par rapport à ses hamsters.

Il faut que je focalise sur mes cours.

Vendredi 16 décembre

Quand elle a su que j'avais une demi-journée pédagogique, ma mère m'a pris un rendez-vous avec Ève, une massothérapeute qu'elle va voir parfois quand elle se sent trop stressée. Super! J'ai trop de stress! J'ai besoin de faire le vide. Et je ne me suis jamais fait masser, alors ce sera une nouvelle expérience très intéressante pour mon évolution personnelle.

14 h 05

Quand je suis entrée dans le centre de massothérapie, il y avait une petite musique avec des chutes d'eau et des cris d'animaux. Top bizarre! La personne qui m'a accueillie avait l'air beaucoup trop détendue. Elle me parlait comme si elle était en transe ou quelque chose du genre. Je n'étais pas vraiment dans ce *beat*-là, vu que, ce matin, j'ai eu des cours d'arts plates, de maths et de sport.

14 h 13

Dans la salle d'attente, il y a plein de magazines dans le style mieux-être-dans-son-corps. Mais la musique avec la chute d'eau me donne vraiment envie de faire pipi, alors même si ça ne fait que cinq minutes que j'attends, je suis déjà allée aux toilettes deux fois.

14 h 15

Ève sort de son bureau et me dit que c'est mon tour. Je la suis. Elle me demande de me déshabiller et de me coucher sur le ventre, sur la table de massage.

Moi: Est-ce que je peux garder mes bobettes?

Ève: Fais ce qui te rend à l'aise.

Moi: Est-ce que je peux garder tout mon linge, d'abord? C'est ça qui me rendrait vraiment à l'aise…

Ève: Inquiète-toi pas! Tu as juste à te couvrir avec la serviette et je ne verrai rien. Puis, quand tu vas te tourner sur le dos, je vais te couvrir. Ou, si tu veux, tu peux rester sur le ventre si tu te sens plus à l'aise pour une première fois.

Moi: Je pense que j'aimerais mieux ça.

14 h 17

Oh! cette musique avec la chute d'eau…
C'est vraiment dur de ne pas avoir envie d'aller
aux toilettes!

Ève revient et me parle tout bas pour me
dire de me détendre et elle commence le massage. Comment se détendre avec ce bruit de
chute d'eau?

**Entre 14 h 17 et 15 h 15 (Parce que je n'ai pas
trop la notion du temps.)**

**Pensées qui me traversent l'esprit pendant
mon massage:**

Oh! oooooh! ça fait réellement du bien!

Vraiment plus cool que lorsque Kat m'en
fait!

Je me demande si Truch peut vraiment triper sur une autre fille…

Est-ce que ma mère va vraiment se trouver
un *chum* sur Internet?

Je me demande si ma grand-mère penserait
que je suis lesbienne, si elle me voyait en train
de me faire masser, pratiquement nue, par une
fille.

HA! HA! HA! Non, vraiment pas!

Oh! il faudrait que j'aille aux toilettes!

C'est quoi, cette musique de chute d'eau
dans la nature?

On dirait qu'on est dans la jungle.

Tarzan, dans le film de Disney, il est pas mal
cute. Un peu trop vieux pour moi, mais *cute*.

Bizarrement, il n'a aucun poil… Même pas
de barbe. Il est élevé par des gorilles et… il se
rase?

Des gorilles métrosexuels! Ha! ha! ha! ha! Hi! hi! hi! Ça chatouille, le massage!

Madagascar aussi, c'est un bon film de jungle.

Ils sont vraiment drôles, les pingouins!

Ils sont vraiment drôles aussi, les lémuriens!

Hein? Comment ça se fait que je sais que ça s'appelle des lémuriens? Est-ce qu'on le dit dans le film?

J'ai dû l'apprendre à l'école... Ou au Biodôme?

Est-ce que mon massage commence vraiment à stimuler mes neurones?

Oh! ça fait vraiment du bien, un massage! Ça me donne plein de petits frissons!

C'est drôle quand le roi lémurien commence à chanter: «*I like to move it move it. Momonoka Amananodjo! Nananananananana Fizicaly-feta Fizicaly-feta, I like to move it move it! Ping ping ping pi pi ping pi pi pi pi pi ping.*»

Habituellement, je n'aime pas vraiment ce genre de musique (vieux *dance*), mais c'est correct pour le film.

Beaucoup plus cool que ce que j'entends en ce moment: de la flûte de Pan dans la jungle. Beurk!

Qui traîne sa flûte de Pan dans la jungle?

Oh... dans le fond, tu peux t'en fabriquer une sur place... avec des bouts de bambou.

Ouain, c'est cool, *Madagascar*!

La seule affaire, c'est que le lion... Comment il s'appelle donc? Ah oui! Alex! Il commence à manger du poisson pour protéger ses amis, mais, dans *Finding Nemo,* on ne veut pas que les poissons se fassent manger.

225

Alors, quand on écoute *Madagascar*, on est content qu'Alex mange du poisson, mais si on voyait Alex manger, disons, Nemo, on serait tristes.

Oh! je me sens teeeeeellement détendue!

Je me demande pourquoi les «z» représentent le sommeil dans les bandes dessinées. Quand quelqu'un ronfle, c'est plus «rrrffff», non?

Et, parfois, Archie rit comme ça: «Yuk! Yuk Yuk!» C'est rare que tu ris en faisant: «Yuk! Yuk Yuk!» Habituellement, c'est plus «hi! hi! hi!» ou «ha! ha! ha! ha!» ou, si c'est le père Noël (ou l'oncle de Nicolas), c'est «ho! ho! ho!».

Je me demande si c'est vrai que Nicolas tripe sur moi…

Ha! ha! ha! C'était drôle l'autre jour avec Kat, quand on s'est mises à divaguer sur une pluie de fourmis.

Si ça arrivait, ce serait vraiment l'apocalypse!

Je parle de la pluie de fourmis et non de Nicolas. Pas que je veuille nécessairement qu'il tripe sur moi, mais… si c'était le cas, ce ne serait pas *vraiment* l'apocalypse.

Je me demande vraiment ce que je devrais acheter à ma mère pour Noël.

Les «zzzz», ça vient peut-être de quelqu'un qui grince des dents???

Non, j'essaie en ce moment et ça fait plutôt «ssshhhlll».

15 h 16 (Une minute avant que ça fasse véritablement une heure.)

Ève m'extirpe de mes pensées quand elle dit:

— Prends le temps de relaxer cinq minutes, rhabille-toi et reviens me voir à la réception.

Aussitôt qu'elle sort, je m'habille et je cours aux toilettes !

15 h 20

Je vais à la réception. Ève me donne un reçu à remettre à ma mère. Avant que je parte, elle dit : « As-tu relaxé ? » Je réponds oui, même si ce n'est pas vraiment le bon mot pour décrire mon expérience, étant donné que j'avais l'impression de devoir penser à cent millions d'affaires pour ne pas avoir envie d'aller aux toilettes à cause de la musique (plate, selon mes goûts personnels).

Constatation : Une bonne façon de stimuler ses neurones est d'avoir envie de faire pipi, car ça nous force à penser à un million d'affaires ! Je crois d'ailleurs que j'ai une bonne idée pour mon travail de français. (Aucun rapport avec l'envie d'aller aux toilettes !)

Samedi 17 décembre

Je me suis réveillée réellement de bonne humeur ce matin ! Je ne sais pas si c'est l'effet du massage, mais ça m'a fait tellement du bien que je suis allée sauter sur le lit de ma mère pour la remercier ! Je crois que, finalement, je vais lui acheter une lampe laide qui diffuse du parfum qui pue pour Noël, vu qu'elle aime ça.

Je crois qu'elle va être contente et j'en ai vu une belle (selon les goûts de ma mère, surtout pas les miens!) dans une vitrine l'autre jour, qui entre totalement dans mon budget!

13 h 20

J'étais concentrée sur mon travail de français quand Kat m'a appelée, hyper paniquée.

Kat: Au, il faut absolument que tu viennes chez moi tout de suite!

Moi: Je ne peux pas! Je travaille.

Kat: Il faut vraiment que tu viennes! C'est une urgence! Je n'insisterais pas si ce n'était pas une question de vie ou de mort!

Moi: OK, j'arrive.

Kat: Apporte ton maillot de bain!

13 h 30

Merde! Il est où, mon maillot de bain? «Mamaaaaaaaaaaaaaan?»

13 h 37

Ma mère l'avait rangé avec le linge d'été. Une question de vie ou de mort? Avec mon maillot de bain? En plein hiver? Je ne comprends rien!

13 h 45

Ma mère m'a conduite chez Kat, vu que je lui ai dit que c'était une urgence. Quand je suis arrivée, c'est Julyanne qui m'a ouvert la porte. Elle m'a dit que Kat était dans sa chambre. Je suis allée voir et Kat avait le visage complètement enveloppé dans une serviette. On ne voyait que ses yeux.

Moi: Kat!!!!!!!! Qu'est-ce qui t'est arrivé?

Kat: C'est épouvantable! C'est épouvantable!

Moi: Mais quoi? Montre!

Kat: Je ne peux pas te le montrer, c'est trop épouvantable!

Moi: Tu t'es fait défigurer? (Je me tourne vers Julyanne.) C'est toi qui lui as fait ça? Je savais que vous étiez en chicane, mais... à ce point-là?

Julyanne: Ha! ha! ha! ha! Ce n'est pas moi!

Moi: Ris pas, ce n'est pas drôle! Mais c'est qui? Veux-tu qu'on appelle la police? La DPJ?

Julyanne: Oui, c'est drôle!

13 h 50

Kat a déroulé la serviette de son visage. Et j'avais peur de la voir défigurée, alors je me cachais un peu les yeux, mais lorsqu'elle a complètement enlevé la serviette, j'ai vu qu'elle était... orange. Avec des taches brunes.

Moi: Qu'est-ce qui t'est arrivé?

Julyanne: Elle a volé l'autobronzant de ma mère et elle en a trop mis! Ha! ha! ha! ha! Ma sœur est vraiment trop nouille!!!

14 h 01

Kat m'a raconté que, hier, profitant de la demi-journée pédagogique, elle a fouillé dans les produits de beauté de sa mère, à la recherche de quelque chose qui pourrait l'aider à séduire Truch qu'elle trouve distant. « Plus pareil comme au début » ont été ses mots exacts. Fini les infopublicités pour vanter le Truch! Elle a trouvé l'autobronzant et elle a pensé qu'un teint basané serait parfait! Mais elle en a trop mis et ne l'a pas étendu de façon égale, ce qui a causé la couleur trop orangée et les taches brunes. Le problème, c'est qu'elle s'en est mis... sur tout le corps! Elle m'a également montré ses mains, qu'elle n'a pas nettoyées après l'application, et qui sont elles aussi devenues orange. Julyanne riait comme une déchaînée. Kat m'a appelée parce qu'elle veut absolument que je l'aide à se nettoyer avant le retour de ses parents. Son père assiste à un congrès, et sa mère est rentrée tard hier et elle est partie de bonne heure ce matin pour aller acheter les cadeaux de Noël. Kat a fait promettre à Julyanne, qui menaçait de tout répéter, de ne rien dire. Le prix? Elle doit faire ses tâches ménagères pendant une semaine.

14 h 15

Kat et moi sommes dans le bain (voilà pourquoi elle voulait que j'apporte mon maillot). Je lui frotte le dos, mais c'est très difficile à faire partir. On a pris le gant de crin de sa mère et j'astique de toutes mes forces.

Moi: Comment t'as fait pour t'en mettre dans le dos?

Kat: J'en ai mis sur une serviette et je... En tout cas, j'avais ma technique.

Moi: Méchante technique! Hé, on dirait que ça part un peu.

Kat: Parfait, frotte!

Moi: Il y a tellement d'autobronzant dans le bain que j'ai peur d'être moi-même tachée!

Kat: Ah! capote pas, hein!

Moi: Ça pue, cette affaire-là!

Kat: Je voulais vraiment reconquérir mon *chum*.

Moi: En ayant l'air de faire une overdose de bêta-carotène?

Kat: Ha. Ha. Très drôle. Depuis l'affaire de mon jeu de Britney Spears… il n'est plus pareil. Je suis sûre qu'il me trouve poche. *Envoye,* frotte!

Moi: Je frotte! Je frotte! Kat, tu ne trouves pas que tu en fais… trop?

Kat: Non! Plus on frotte, plus ça va partir et moins ma mère va me chicaner!

Moi: Non, je veux dire… par rapport à Truch.

Kat: Non…

Moi: Tu ne lui dis pas tes vraies opinions, tu attends toujours après lui et ça fait une éternité qu'on n'est pas allées à l'arcade!

Kat: Hum… je pensais que c'était ça, l'amour. Ma mère me dit toujours qu'avec mon père elle fait des compromis.

Moi: Ben là!

Kat: Je l'aime, Aurélie. C'est mon premier vrai amour!

Moi: Je pensais que ton véritable amour était David Desrosiers, de Simple Plan.

Kat: Franchement, je l'aime comme artiste, mais c'est tout!

Moi: Tu disais que t'allais te marier avec lui un jour!

Kat: Je suis… plus mature. Ah, d'ailleurs! t'as vu leur nouveau vidéoclip? Trop débile!

Moi: Je pense juste que tu n'es pas obligée d'en faire autant.

Kat: Ben là, je regarde MusiquePlus quand ça me tente!

Moi: Je veux dire… avec Truch.

Kat : Tu peux bien parler, toi, madame-je-vais-dans-une-école-privée-pour-me-sauver-des-gars !

Moi : Ce n'est pas juste pour ça. C'est pour avoir une meilleure é-du-ca-tion.

Kat : Pfff ! *bullshit* ! Je la connais, ton histoire, madame-je-fais-semblant-de-ne-pas-triper-sur-Nicolas-pour-ne-pas-vivre-d'émotions !

Moi : Hein, rapport ?

Kat : C'est vrai ! Je le sais, que t'as vécu une grosse peine dans ta vie – plus grosse que la perte d'un poisson rouge – , mais tu te protèges trop, tu t'empêches de vivre toute forme d'émotion depuis ce temps-là ! Et je suis sûre que ce n'est pas bon pour... ta santé !

Moi : Hum... tu penses ? Par hasard... travaillerais-tu comme bénévole chez *On t'écoute* ?

Kat : Non, pourquoi ? Tu les as appelés ?

Moi : Euh... oui. Et la madame m'a dit...

Kat : Moi aussi !!! La fille m'a dit d'avoir plus confiance en mon *chum* et d'essayer de faire des choses pour moi, ce qui serait séduisant pour lui. C'est là que j'ai conclu : je vais ME mettre de l'autobronzant, ce qui va LE séduire.

Moi : Oh, mon Dieu ! Je pense qu'elle voulait dire que tu devrais être plus indépendante !

Kat : T'as raison, Au ! Je suis rendue de la vraie guimauve ! Qu'est-ce qui m'arrive ?

Moi (en arrêtant de frotter) : Kat... t'es ma meilleure amie parce que t'es la fille la plus géniale du monde ! Si Truch ne s'en rend pas compte sans autobronzant, il est juste niaiseux, peu importe sa culture musicale, cinématographique ou autre !

Kat : Toi aussi, t'es ma meilleure amie parce que t'es la fille la plus géniale du monde… Mais n'arrête surtout pas de frotter !

Julyanne, qui écoutait, semble-t-il, à la porte, s'est mise à chanter : « Les amoureuses sont seules au mondeeeee ! » Et Kat lui a suggéré de nous laisser tranquilles. Ensuite, on est sorties du bain et on a couru après Julyanne avec le tube d'autobronzant et on a fini toutes les trois dans le bain à se frotter. On a vraiment ri.

20 h

Kat m'a téléphoné pour me dire que sa mère trouvait qu'elle était un peu rouge. Et elle lui a dit qu'elle avait essayé un nouveau produit anti-acnéique. Elle a remplacé son tube d'autobronzant (qui valait soixante dollars !!!). Et sa mère ne s'est rendu compte de rien. Mais Kat n'a plus vraiment d'argent pour ses cadeaux de Noël et elle a décidé d'en fabriquer à la main. Elle a tapé « cadeaux de Noël à la main » sur Google et elle a trouvé plein d'idées. Le seul problème, à son avis, c'est qu'elle a le visage tellement rouge, parce qu'on a vraiment beaucoup frotté, qu'elle a l'air d'un homard. Elle a l'impression qu'elle est réellement défigurée pour le reste de ses jours !

Dimanche 18 décembre

Étude intense en vue de la semaine d'examens. Pas le temps d'écrire ce qui se passe dans ma vie. D'ailleurs, il ne se passe pas grand-chose, puisque j'étudie.

Lundi 19 décembre

Première journée d'examens de fin d'étape (cinq jours avant les vacances!!!).

Kat a encore le visage tout rouge. Ça la stresse tellement qu'elle a tout avoué à sa mère! Elle lui a dit pour le tube d'auto-bronzant et tout (ce qui a annulé l'arrangement «ménage» avec sa sœur). Il paraît que sa mère était écroulée de rire! Et que, avant que Kat se confie, elle se demandait comment ça se faisait que son tube était plein. Kat est vraiment triste. Sa mère lui a dit de ne pas s'inquiéter, mais je crois que Kat vit un cocktail d'émotions: stress d'examens/défiguration/*chum*.

Mercredi 21 décembre

Troisième journée d'examens (trois jours avant les vacances!!!).

Avant l'examen de français, Marie-Claude nous a invitées à lui remettre le travail qu'elle nous avait demandé de faire. Je lui ai donné timidement le mien. Et je suis retournée m'asseoir en me tournant les pouces avant de recevoir ma copie d'examen. C'est Justine Simard qui les distribuait.

Travail de français
Présenté à Marie-Claude Fréchette
Par Aurélie Laflamme

Poème
Apparences trompeuses

Une fourmi fière au regard fou
Bafouée par la fourmilière
Fouillait avec fougue
Un fourbi enfoui dans une fourrière

Lorsque la foudre
Foudroya le fourré
Où de fringantes fourmis
Avaient enfoui leur fourbi

Soudain, une fougère
Fouetta la fourmi fière
Qui fut refoulée jusqu'à la fourmilière
Dans une foule très peu familière

Frénétique, elle bafouilla
Et une furieuse frousse elle insuffla
Lorsqu'elle les informa avec ferveur
De l'infortune qui affublait leur demeure

Les fourmis stupéfaites
Face à leur fatuité
Cafouillèrent de s'être follement fourvoyées
Sur la fourmi fière au regard fou bafouée.

14 h 45

Après l'examen, Marie-Claude m'a fait venir à son bureau. Je tremblais de peur, car je croyais qu'elle allait me faire le même sermon que la fois de mon exposé oral et m'annoncer qu'elle me changerait de classe après le congé des fêtes. J'étais devant elle et je me rongeais les ongles jusqu'au sang.

Marie-Claude : C'est un très bon poème, Aurélie… As-tu eu de l'aide ?

Moi : Hum… c'est ma mère qui a trouvé les mots « affubler » et « fatuité ».

Marie-Claude m'a dit qu'elle s'était « fourvoyée » à mon sujet (elle a utilisé une référence à mon poème !!!!), qu'elle me félicitait et que mon poème, qui était le meilleur de la classe, allait être affiché sur le babillard… POUR LE RESTE DE L'ANNÉE !!!! Elle a ajouté que je perdais des points parce qu'il n'y avait pas de « f » dans mon titre, mais que si je lui trouvais un nouveau titre immédiatement, elle ne m'enlèverait aucun point. J'ai tout de suite répondu : « Fabulation de fourmis » (pour une fois que mon sens de la répartie arrivait à temps !) et elle a dit : « A+ » (pas dans le sens de « bye », mais dans le sens de « meilleure note » !)

YAHOUUUUUUUUUUUUUUU !!!!!!!!!!!!!!

18 h

J'ai raconté à Kat ce qui m'était arrivé au cours de français. Elle m'a dit, pour me taquiner, que j'étais rendue une *nerd*! Ça ne m'a fait aucun effet parce que j'étais trop contente! Pour sa part, elle va mieux. Sa face est moins rouge, alors elle a espoir que ça redevienne normal. Quand les gens lui demandent pourquoi elle est si rouge, elle dit que c'est parce qu'il fait de plus en plus froid. (En fait, ses vrais mots sont: «Meh! c'est parce qu'il fait frette!»)

20 h

Je crois maintenant qu'il est possible de voler! Car je me suis sentie flotter tout le reste de la journée! (Pas nécessairement parce que Kat ne sera pas éternellement défigurée, mais surtout parce que j'ai eu une bonne note pour mon poème!)

Vendredi 23 décembre

Yahouuuuuuu! Vacances!!!!!!!!!!!!!!!!!!!

Après mon dernier examen, je suis allée au magasin acheter la lampe de ma mère. Ensuite, j'ai pensé aller dire un dernier adieu à Sybil. Ma mère ne changera pas d'idée. Même si j'ai fait plus de ménage et même si j'ai de meilleures notes. Je me suis même exercée devant mon miroir à faire des yeux vraiment convaincants (moi-même, je n'aurais pu me résister!), mais elle a vraiment dit non, officiellement et définitivement.

15 h 30

J'adore le bruit que font mes pas dans la neige : « Scrounch, scrounch, scrounch. » Surtout dans la neige collante. Mon père appelait ça « la neige à bonhomme de neige ». Aujourd'hui, il tombe de gros flocons. Le genre de flocons qui reste dans les arbres. Ça fait tellement beau ! Et souvent, le lendemain, tout devient glacé et c'est tout aussi beau !

16 h

En entrant dans l'animalerie, je me suis dirigée vers la cage des minous. En passant devant les hamsters, j'ai remarqué que Buffy n'était plus là. Je me suis demandé si elle avait été adoptée ou... mangée.

On dirait que je me suis habituée à venir ici et à entendre des chiens qui jappent, des oiseaux qui chantent et Bono qui sacre.

16 h 09

Arrivée devant la cage des chats, je vois la mère des bébés minous. Elle est toute seule. Sybil ? Où est Sybil ? Ma petite Sybil ! Je commence à courir dans tous les sens dans l'animalerie, à la recherche de je-ne-sais-pas-quoi. Je commence à me sentir super-essoufflée. Je cherche un employé. Nicolas ? Je veux savoir où est Sybil. J'en veux tout à coup à ma mère de ne pas avoir voulu que je l'adopte. Je pense à Sybil qui me mordait le doigt. Et j'ai les larmes aux yeux quand je fonce dans Nicolas.

Nicolas : Aurélie ? Qu'est-ce que tu fais ici ?

Moi : Ils sont où, les minous ? Elle est où, Sybil ?

Nicolas : Tous les minous ont été adoptés. Désolé…

J'entends Bono crier : « Allô. Allô. » et je lui réponds : « Ta gueule !!!!! » Je cours vers la sortie, au bord des larmes, Bono crie : « Bon débarras ! » pendant que je m'éloigne.

18 h

Quand je suis entrée chez moi, je suis allée directement dans ma chambre. 1) Je ne voulais pas que ma mère voie sa lampe laide qui pue et 2) je voulais repenser à ce qui venait de se passer. Alors, j'ai posé la lampe sur ma commode en me disant que j'allais l'emballer demain et je me suis couchée sur mon lit, sur le dos, les mains derrière la tête.

Récapitulons : Je suis sortie (pratiquement en larmes : vraiment bébé !) de l'animalerie. Mais (surprise !) Nicolas m'a rattrapée. Et il m'a donné un mouchoir (*cute*). Il portait son tablier et son manteau par-dessus, ouvert, même pas de foulard (ça se peut qu'il pogne la grippe, mais ce sont ses affaires). Arrivé près de moi, il m'a attrapée par le bras pour m'empêcher de continuer mon chemin.

Lui : Moi aussi, des fois, je m'attache. Mais je me suis habitué parce que j'en vois partir tous les jours.

Moi : De quoi tu parles ?

Lui : De Sybil.

Moi : Ah. J'aurais aimé ça lui dire bye…

239

Lui: Imagine mon oncle, quand il va vendre Bono! Je pense qu'il fait grimper le prix chaque semaine pour être certain de ne pas le vendre.

Moi: Je le comprends. Ben… OK, merci pour le mouchoir. Joyeux Noël!

Lui: Attends… Aurélie. Je… j'aimerais ça, m'excuser.

Moi: Hein? Pourquoi?

Lui: Chaque fois que je te vois, je suis con… Et là, tu m'as dit: «Ta gueule!» et je pense que…

Moi: J'ai dit «Ta gueule!» à Bono.

Lui: Ah… Mais tu te sauves toujours et…

Moi: Je me sauve à cause de mes gaffes.

Lui: Toi? Tu ne fais pas de gaffes.

Moi: Je peux t'en nommer plein! J'ai une amie qui dit qu'un tampon est une flûte, je déparle, je me déguise en super-héros travesti, je m'étouffe avec ma propre salive, je m'auto-cryogénise quand je bois de la *slush*, je reste pognée dans les poufs et…

Lui: Je trouve que t'es une fille… spéciale.

Moi: Ouain… dans le genre extraterrestre.

Lui: Non, dans le genre… originale. Dans le genre… spéciale pour moi.

Il est resté un instant devant moi et je voyais la neige tomber sur lui. Il faisait noir, mais le lampadaire diffusait une lumière un peu violette.

C'est là que ça devient intéressant! Il a pris mes mains et il a dit:

— Est-ce que ça te dérange si je fais ça?

J'ai répondu (en sentant mes jambes trembler):

— Non…

Il s'est approché un petit peu plus et il a dit :
— Est-ce que ça te dérange si je fais ça ?

J'ai répondu (en sentant mon pouls augmenter) :
— Non…

Il a collé son nez sur mon nez et il a dit :
— Ça, est-ce que ça te dérange ?

C'était la première fois que je sentais son odeur de bon assouplissant et d'haleine de gomme baloune au melon d'aussi près.

Il m'a donné un bisou sur la joue et il a dit :
— Est-ce que ça te dérange si je fais ça ?

J'ai répondu (en me disant que je n'allais quand même pas le poursuivre pour harcèlement !) :
— Non…

Et là, on s'est embrassés. (Ouuuuuuuuuh !)

Mon cœur faisait boum, boum, boum. C'était peut-être aussi poum-pi-toum, poum-pi-toum, il faut dire que je n'étais pas trop concentrée là-dessus. Je sais juste que ça allait vraiment trop vite ! (D'ailleurs, note à moi-même : m'assurer que je n'ai pas de maladie cardiaque qui me rendrait inapte à embrasser.)

Mes premières impressions sur mon premier *french* :

(Effets sonores de smouch-smouch en moins parce que, quand tu fais partie de l'action, tu l'entends moins, disons.)

1) Super. (Si j'ajoute un « o » avant le « u », et que je remplace le « e » par un « i », ça fait « soupir ». Aaaaaaaaah !)

2) Magique. (Le décor était parfait, sous la neige tombante, près du spot d'un lampadaire… trop magique!)

3) Pas quétaine. (Si quelqu'un m'avait raconté cette scène, j'aurais trouvé ça vraiment quétaine! Mais, faisant partie de ladite scène, je trouve que je n'aurais jamais pu rêver d'un plus beau premier baiser. Vraiment plus cool qu'avec mon propre bras ou encore avec Daniel Radcliffe en deux dimensions.)

4) Wow! (Hi! hi! Palindrome! Cool!!!)

5) Choubidouda (Je sais que ce n'est pas un mot, mais je ne trouve aucun autre mot pour décrire mon expérience. C'est trop fort!!!)

À améliorer :

1) Les battements de mon cœur (Si jamais j'avais une maladie cardiaque me rendant inapte au baiser, je serais déçue.)

2) Tenter de contrôler le tremblement dans mes jambes en période de stress. (Ceci concerne autant les exposés oraux que les *frenchs*.) D'ailleurs, trouver corrélation entre jambes et bouche.

21 h 30

Ma mère est venue me souhaiter une bonne nuit. Quand elle est entrée dans ma chambre, j'ai bondi sur la lampe pour la cacher. Je me demande si elle s'en est rendu compte (pas seulement du cadeau, mais aussi du fait que j'avais *frenché*). Elle m'a suggéré de ne pas lire mon *Archie* trop longtemps et m'a fait un clin d'œil. (Je suis sûre qu'elle le sait!)

Santa Claus is coming to town!
You betowacha You betonacra You betowacha Ametelinoua
Santa Claus is coming toniiiiiiiiiiiiiight!

9 h

Kat m'a téléphoné avant d'aller chez ses grands-parents pour me souhaiter : « Joyeux Noël ! » Sa face est redevenue complètement normale. Et elle dit que Truch lui a téléphoné pour lui souhaiter un joyeux Noël, alors elle est contente. Je ne lui ai pas dit pour Nicolas. Je vais attendre qu'elle revienne.

9 h 30

Wow ! les arbres sont couverts de glace comme je l'avais prédit ! Ma mère m'a fait remarquer qu'on avait bien fait de décider de rester toutes les deux ici parce que les routes sont dangereuses. (Je m'en fous, j'ai *frenché* ! Hi ! hi ! hi !)

18 h 30

Ma mère et moi avons mangé de la fondue. Wow ! c'est trop cool !

19 h 30

Ma mère avait placé tous les cadeaux en dessous de l'arbre. J'avais déjà déballé dix *Archie* et des super-beaux pantalons quand elle m'a remis une lettre. Je l'ai ouverte et j'ai lu :

Ma belle grande fille,

En ce jour de Noël, je tiens à te dire à quel point je suis fière de toi. Je ne sais peut-être pas toujours comment te le montrer, mais je te regarde aller et je sais que tu accompliras de grandes choses.

Je sais que je ne suis pas toujours facile… Je sais aussi que je ne dis pas toujours les bonnes choses au bon moment. Mais je tiens à ce que tu saches que je serai toujours là pour toi. Et qu'en tout temps tu peux me parler. Je suis désolée si tu en es venue à penser le contraire…

C'est vrai que j'ai vécu des moments difficiles et que je n'ai pas su comment me montrer forte devant toi. J'ai dû te paraître encore plus vulnérable.

Je suis désolée d'avoir été incapable de te protéger de ma tristesse. Et de ne pas avoir été à la hauteur pour t'aider à gérer la tienne.

J'aimerais te dire que si ton père te voyait aujourd'hui, il serait fier de toi. Je sais qu'il serait ton complice et que, même si parfois nous ne serions pas toujours d'accord avec ce que tu fais, nous nous féliciterions d'avoir mis au monde quelqu'un comme toi.

Je veux que tu saches que, peu importe ce que je t'ai dit, je sais que ton père sera toujours avec toi, dans ton cœur. Ça, c'est ce que je crois.

Je t'aime très fort,
Joyeux Noël !

Maman
xxx

19 h 36

J'ai serré ma mère dans mes bras. Ensuite, je lui ai donné sa lampe laide qui diffuse du parfum qui pue, avec le parfum qui pue en question, et elle était hyper contente! Elle a dit qu'elle trouvait la lampe super-belle (ma mère et moi n'avons officiellement pas les même goûts) et que le parfum sentait suuuuper-bon (j'espère qu'elle n'en fera pas diffuser trop souvent parce que ça sent réellement mauvais).

20 h

Je pleure des larmes de joie à cause de mon plus beau cadeau de Noël À VIE!

J'étais déjà un peu émue à cause de la lettre quand ma mère m'a tendu une grosse boîte avec un gros chou rouge dessus. Je l'ai ouverte et j'ai ca-po-té (je crois que les *frenchs* rendent les gens un peu plus sensibles). Dans la boîte, il y avait... Sybil!!!!!!!!!!!!!!!!!!!!! Blanche. Avec sa petite tache grise sur le front, qui faisait « miuuuuu ». J'ai tellement crié! J'ai pris Sybil dans mes bras et je lui ai donné plein de bisous. Puis je me suis jetée dans les bras de ma mère. Elle avait les larmes aux yeux.

Moi: Pleure pas! Je te jure que je vais nettoyer la litière! Je te le promets! Tu ne le regretteras pas!

Ma mère: Je le sais. T'es contente?

Moi: Oui, trop!!!!!!! Comment t'as fait? Comment t'as fait pour savoir que c'était *elle*!

Ma mère: C'est passé proche que je ne puisse pas l'avoir!

Moi: Pourquoi?

Ma mère : J'ai dit au commis que je voulais ce minou-là et il ne voulait pas me le donner.

Moi : Ah non ? Pourquoi ?

Ma mère : Il disait qu'il était réservé.

Moi : Hein ? À qui ?

Ma mère : Il ne me l'a pas dit.

Moi : Il ressemblait à quoi ? Jeune ou grosse bedaine ?

Ma mère : Jeune… Mais toujours est-il que je lui ai expliqué que ma fille venait voir ce minou…

Moi : Minoune !

Ma mère : … tous les jours…

Moi : Pas tous les jours !

Ma mère : Veux-tu l'entendre, l'histoire, ou non ?

Moi : Oui, 'scuse…

Ma mère : Bref, je lui ai dit que ma fille venait voir la minoune souvent et il m'a demandé le nom de ma fille, et quand je le lui ai dit, il me l'a donnée !

Moi : Pour de vrai ? Est-ce qu'il sentait le bon assouplissant ?

Ma mère : Hum… je n'ai pas remarqué. Pourquoi ? Tu le trouves de ton goût ?

Moi : Ooooooh, mamaaaaaan ! (Non dit, parce que ç'aurait été inapproprié après ce super-cadeau : Mêle-toi de tes affaires !)

Et je lui ai lancé le gros chou rouge qu'il y avait sur la boîte dans laquelle était Sybil.

Ma mère : J'ai raison ?

Moi : Noooooooon ! C'était vraiment pour Sybil ! Regarde comme elle est trop *cuuuuute* ! M'man, merci, merci, merci, merciiiii ! Je t'aime, je t'aime, je t'aiiiiime !

Sybil a couru jusqu'au chou et elle a sauté dessus comme si elle voulait l'attaquer.

21 h

Please Come Home for Christmas est passé à la radio et, pour la première fois, on n'a pas changé de poste. On regardait Sybil jouer avec une boule de Noël et on se tordait de rire, tellement elle était drôle!

Cher Dieu, si vous existez... euh... si jamais vous êtes une femme, eh bien, chère Dieu ou, plutôt, Déesse, merci pour Sybil! Et... pouvez-vous dire à mon père: «Joyeux Noël», s'il vous plaît? Ah et, si jamais il vous reste du temps, dites-lui que je me sens super-bien ici.

Le journal
d'Aurélie Laflamme,
Sur le point de craquer !
tome 2

Maintenant en librairie

Recyclé
Contribue à l'utilisation responsable
des ressources forestières
www.fsc.org   Cert no. SGS-COC-003153
© 1996 Forest Stewardship Council

Marquis imprimeur inc.

Québec, Canada
2010

Imprimé sur du papier Silva Enviro 100% postconsommation
traité sans chlore, accrédité Éco-Logo et fait à partir de biogaz.